JN242878

イケメンCEOはお隣のOLとイチャイチャ料理がしたい

見月ゆりこ

Illustration
敷城こなつ

gabriella plus

イケメンCEOはお隣のOLとイチャイチャ料理がしたい

contents

gabriella plus

イラスト／敷城こなつ

CEO《イケメン》はお隣のOLとイチャイチャ料理がしたい

第一章

「うん。一仕事終わった後のお茶は格別だわ……」

春日井《かすがい》なつみは、ひととおり掃除の終わったキッチンで、淹《い》れたての珈琲《コーヒー》と自家製のジンジャークッキーに舌つづみを打っていた。

もうすぐお昼時なので、食べ過ぎてはいけないと思うのだが一息はつきたい。

掃除は苦手だが料理は好きな方だった。

そして週五勤務の傍ら快適に料理をしようとすれば、苦手でもこまめに掃除するしかない。

ちょっと前に転居してきたこのマンションは新しくはないが、よく手入れされていて日当たりもよく、苦手なりにきれいにしがいがあった。

さてこの極上の気分のまま、お気に入りのミステリ作家の新刊でも紐解《ひもと》けばさらに幸せになれるだろう。

なつみが口元に至福の笑みを浮かべて腰を浮かせたとたん、短い平穏は終わりを告げた。

隣家から思わず耳を塞ぎたくなるような、ヒステリックな女性の声が響いてきたからだ。

「もう信じられないっ、ずっとそうやって主婦みたいなことしてれば⁉　帰るわ私……」

落ち着いた男性の声が応対しているのも聞こえるが、そちらは低くて聞き取れない。けれど心惹《ひ》かれる響きのような気がした。

「……それが貧乏くさいって言ってるのよ！　近寄らないで、ぬかみそくさいのが感染《うつ》るわ。いいわ……別れるっ、後悔しても知らないからっ！」

女性の声は思わず耳を塞ぎたくなるほど甲高くキンキンと頭に響いた。顔をしかめそうになってなつみは首を傾《かし》げる。

(あれ、このマンション、古いわりに防音がいいはずなんだけどな)

それを確かめて借りたのだから間違いない。いくら怒った声だからといってこんなに響くことがあるだろうか。

野次馬《やじうま》根性は少ない方だし、こんなあからさまな痴情のもつれっぽい喧嘩《けんか》になど金輪際かかわりたくない。しかしこの声が響く謎はどうにも気になる。

なつみは、恐る恐る玄関に近づき、ドアをそっと開けて外を覗《のぞ》いた。

謎はすぐに解けた。隣人とその恋人らしい女性は呆《あき》れたことにドアを開きっぱなしで、今にも外に出ていきそうな体勢のまま、玄関先で口論していたのだ。

「捨てておけばいいじゃない、そんなもの。本当に私と別れていいの？」

さっきから何度も別れると言っている彼女は、それでも何やら未練があるらしい。別れないことと引き換えに相手に翻意を促したいようだが、女性よりよほど冷静な相手の決意は固いらしかった。

「わかったわよ、もう勝手にしてっ！」

一際、高い声を上げて、女性は音を立てて、力任せに扉を閉めた。なつみは驚いて、肩をすくめる。

うっかり女性が横を通るときにも、奥に引っ込み損ねたが、頭に血が上っているらしい女性は自分の方などまったく顧《かえり》みることなく、カツカツとヒールの音を鳴らして、エレベーターの方に歩いていった。

（すっごい美人……）

なつみは思わず見えなくなるまでその姿を見送った。

女優でもそういないだろう、整ってなおかつ華やかな顔立ちに、出るところは出て、締まるところはきゅっと締まった抜群のプロポーション。すらりとして背は高く、オシャレで高そうなワンピースをばっちり着こなしている。

清潔で住みやすいとはいえ、古びて庶民的なこのマンションにはあまり似つかわしくない高級な感じのする美女だ。

　キンキン響く声と先ほどまで聞こえた罵倒《ばとう》とかはマイナス要素だが、それでもこれだけ美しければ許される気がする。

（お隣さんいいのかな。ここはすがりついてでも止めるべきなんじゃ……）

　なつみは美女の後ろ姿を見送ってから、そっと隣を振り返った。彼女を追ってきたのか先ほどまで姿の見えなかったもう一人の声の主が、扉の外に出てきて美女の去った方を見ているようだ。なつみはまた驚かざるをえない。

（こっちはまたすごいイケメン……まあ当然か）

　マンションが安普請《やすぶしん》なのにもかかわらず、あんな美女と付き合っている男性、とくれば予想してしかるべきだったが、目の前で見るとやっぱり驚くしかない。

　そのくらいその男性は麗《うるわ》しかった。

　百八十を超えるだろう身長に、その半分を占める長い脚。肩幅はがっしりして筋肉もありそうだが、全体的にすらりとして、きれいな猛獣のような印象を受ける。

　濡《ぬ》れたように黒い髪。そして彫刻のように整った顔立ち。少し残念そうに、でも苦々しく微笑《ほほえ》んでいるような口元が、シニカルな魅力も引き出していた。

　髪と同じく、艶のある黒い瞳は、うっかり覗《のぞ》き込《こ》むと引き込まれてしまいそうだ。

その造形のあまりの美しさに、一瞬だが彼を真正面から見つめてしまったなつみは、彼とバッチリ視線が絡んで身の危険を感じた。

イケメンの目が驚いたように大きく見開かれる。

「ああっ、ごめんなさいっ。覗くつもりは、さらさらなくてっ！」

言いながらガチャリと扉を閉めるつもりだったのだが、大股で素早く近づいてきたイケメンが瞬時に脚を滑り込ませてきた。

「ちょ、ちょっと待って！」

「ごめんなさいっ、ごめんなさいっ、大きな声で話しているから気になっただけなんですっ」

なつみは必死に訴えた。

「うん、だから落ち着いて、待って？」

なんとか扉を閉めたいと思うのだが、イケメンは足先から徐々に脚全体、そして上半身を割り込ませてくる。対するなつみは相手に痛みを与えてはいけないと、思い切ることはできず、力負けするしかなかった。

「大声はごめん。悪いのはこっちだから気にしないで。ただ、君……春日井さん、だよね？N高校の」

「……は？」

イケメンから急に、ここからはかなり離れたところにある懐かしい母校の名を出されて、なつみの抵抗の手が止まった。

その隙とばかりに、するりと扉の内に入り込んできて、少し照れくさそうにこちらを見るイケメンの顔をマジマジと凝視する。

(知り合い? ってそんなことないよね、こんなイケメン一目みたら忘れられるはずが……いや、でも、これだけ近くで見ると少し見覚えがある……かも?)

いまいち反応の鈍いなつみに覚えられていないらしいと悟ったイケメンは、少し寂しそうに、けれど優しく笑った。

「朝比奈《あさひな》湊《みなと》。生徒会長とかやっていたんだけど、覚えてない、かな?」

「あああああっ」

思わず彼を指差して大声を出してしまったなつみは、後から自分の無礼さをほとほと反省することになった。

昔、ちょっと知っていた相手だからといってあっさり信用していいわけではない。

それはもうよくわかっている。

周囲にはのんきだ、天然だと言われるが、なつみだって一応若い女だし、相手も若い男性である。

（とはいっても、こんなイケメンで、それもあんな美女が彼女に居た人捕まえてねえ……）

襲われるとかどうとか、あまりにも現実味がなかった。

なつみは「ごく普通の」という言葉がよく似合う平凡な容姿だ。目の色素が若干薄いので、大学に入って以来、髪もやや焦げ茶にして、ふんわりとパーマをかけているが目立つ要素は皆無だ。

母親似の、ちょっと年より幼くみえる顔立ちは嫌いではないが、特に美人ではないのはわかっていた。

自分の評価は少々お世辞を交じえて可愛《かわい》い、程度だろうか。凄味《すごみ》すらある先ほどの美女や湊とは、比べるのもおこがましい。

（それにねえ……朝比奈センパイだもの）

さほどよく知っていたわけではないが、誰にでも信頼され慕われていた生徒会長様だ。

学生の頃を考えるにエリートコース一直線を進みそうだった彼が、なつみが住むような庶民向けの賃貸マンションに住んでいるのは少し意外だけど、まあ人生いろいろあることだし、驚くほどのことでもない。

順風満帆過ぎる人生をちょっとドロップアウトして再起する、なんてドラマも彼には似合いそうだ。

(そのへん、訊《き》いてもいいことなら訊いてみたいかも?)

そんなこんなで好奇心やら楽観的な予測が勝ち、誘われるままに湊の部屋に脚を踏み入れたなつみは、ダイニングルームで次々に並べられる料理に目を見張っていた。

鱈《たら》のアクアパッツアに、水菜のサラダ、セロリと貝柱のスープ。

五穀米《ごこくまい》に枝豆とひじきの入ったごはんに、いい匂いのお茶。

真っ白なテーブルクロスの上のそれは、盛りつけもきれいで、とても美味《おい》しそうだ。

うっとり見とれていると湊が透明な水差しから、グラスに水を注いでくれる。

聞けば仕事ですれ違いまくった末の久しぶりの逢瀬《おうせ》にと、家に呼んだ彼女にこの料理を出したのがさっきの大喧嘩《おおげんか》の原因らしい。

なつみは首を傾げた。

「すごい御馳走《ごちそう》ですけど、彼女さんは何が不満だったんですか?　魚料理がダメとか?」

「うーん、そういう好みの問題なら良かったんだけど」

湊は肩を落とした。

「デートなのに手料理とか、しかも男が作るのが彼女的にはありえなかったみたい」

――最近、ダイエットしてるって聞いたから、それもあって気を遣《つか》ったつもりだったけど。

言われてみると、野菜たっぷりな上に白身魚を使った献立はとてもヘルシーだ。

さっきクッキーを摘んだところだったが、まったく問題なく食欲をそそる。そもそもこのごはんが余ってしまうからと、拝むように頼まれたからここに来たのだった。

冷めてはもったいないので、ありがたくご馳走になることにする。

「いただきます……、あ、美味しい。この魚、新鮮ですね。香草もよく利《き》いてて」

まっすぐに鱈に箸をつけたなつみは、ほろりと口の中で崩れていく魚の白身の風味に口元をほころばせる。

「ありがとう」

湊は目を細め、照れくさそうに笑った。


そのままなつみは美味しいごはんをいただきながら、湊の話を聞いた。

なんでも彼女はここでのおうちごはんより、オシャレなところでの外食を望んでいたそうだ。

今日の予定について彼女と何も話していなかった湊も、いきなり手料理を振る舞うのは、ちょっと自分本位だったと反省したらしい。

けれど、だったら夕食は外食にするから、せっかく作ったものは食べてほしいというところで、決定的にすれ違ったらしかった。

「えええ、だってそれは当然でしょう。こんなに美味しいのに」

なつみはポーチドエッグとカリカリのベーコンが入ったおしゃれなサラダを味わいながら目を丸くした。湊も少しためらいがちに頷《うなず》く。

「美味しいかどうかは人によるかもしれないけど、僕もそれだけは許せなかったんだ」

美女はこんな狭苦しいダイニングで食事をすること自体ありえない。せめてもう少し広くてきれいな部屋で、一流ホテルのケータリングか特上寿司でも取るようにしてと要求してきたが、湊にしてみれば、料理を無駄にするのは妥協できなかった。

なつみは口を動かしつつ、うーんと唸《うな》った。

確かに自分も、あのとき彼女はこんな安マンションに相応《ふさわ》しくない美女だと思った。立ち居振る舞いとか着ているものとかが、なんとなく場違いなような。

かといって湊の言うことが間違っているとも思えない。

「価値観の相違、ですかね……」

湊も、ちょっと目を伏せるようにして苦笑した。

「そうかもしれないね……早めにわかってよかったよ」

「ものすごくきれいな人だったから、残念かもしれませんが」

「ん？　ああ、そうだね。きれいな人ではあったけど」

気のないふうに頷く湊にさらに突っ込んで聞いてみると、元々は彼女の猛アタックから始まった交際だったらしい。湊によると、女性との付き合いのきっかけはだいたいそういうパターンなのだが、この趣味が原因で別れることが多いとか。

「趣味って……料理？」

「ああ、ただ本格的なものより、なんていうか、やりくりして作るのが好きなんだよね。普通に自炊してたら癖になったというか」

「やりくり……」

なつみは、箸を止めて改めて湊を見た。美女がここには場違いだと思ったが、湊も彼女に負けず劣らずのゴージャスなイケメンだ。ただ、彼が場違いとまでは思わないのは、このキッチンが彼の城らしく、なんとなく馴染《なじ》んでいるから、のような気がする。

なつみのところと同じ、六畳ほどの小さなリビングダイニング。中央に立てばあらゆるところに手が届く造りの真っ白なカウンターキッチンは、新築の華やかさはないけれど、よく手入れされてきれいになっている。

しかし、趣味が料理、まではともかくとして、こんな目の覚めるような美形に『やりくり料理が趣味』と言われたら、さすがに少しとまどうかもしれない。

「やりくり、ってあれですか。今日、大根おろしを作った大根が余ったから、翌日はお味噌汁《みそしる》にしたり……？」

湊は嬉《うれ》しそうに頷く。

「そうそう。一人暮らしだと大根一本ってけっこう持てあますよね。でも半分だけ買うのもなんかバカらしくって、切り干し大根にしたりもするよ」

「切り干し大根……」

なつみはオウム返しに呟《つぶや》いた。料理は料理でもこうした洋風の料理より、いっそう所帯じみた感じが強くなるのは気のせいではないと……思う。

「朝比奈……センパイって、そういうキャラでしたっけ？」

「センパイはよしてくれよ」

湊は困ったように笑った。そうそうこういう人だったよね、となつみは懐かしく振り返る。

朝比奈湊は高校の頃から、非の打ち所のないイケメンで、さらに言えば成績優秀スポーツ万能で人気抜群の生徒会長だった。

華やかな方面にあまり興味のなかったなつみが多少なりとも記憶があるのは、推薦されてクラス委員をやらされていた関係で、代表委員会などで彼と会話することがあったからである。

そのとき、彼のこの穏やかな話し方が印象に残っていた。

なんというか全校女生徒の憧れの的、というにはいささか不似合いな感じがしたので。

ただ嫌いなわけではなかった。むしろ好きだ。

顔よりもこの話し方を聞いていた方がよほど思い出せたかもしれない。

声も低めで艶のある落ち着いた響きがとても心地よい。紛糾していた議題も彼がこの声で冷静に争点をまとめ上げ、司会進行すると、スムーズに解決することが多かった。

芸能人か、はたまたバーでカクテルでも飲んでいるのが似合いそうな見た目に反して、わりあい堅実で地道な人なのだ。

けれど堅実と言っても決して、残り物をやりくりして、切り干し大根を作るような感じではなかったと思うのだが……。

湊はなつみに褒められてよほど嬉しかったのか、鼻歌でも歌いそうな雰囲気で、きれいな箸使いで五穀米を食べている。すっと伸びた背中が絵になりそうなくらい格好いい。

（いや、ありだわ。ちょっと所帯じみててもそれが格好いい！　ってなりそう……てかなる）

なつみはアイドルが漁業をしたり畑を作ったりすることで、好評を博している長寿番組を思い出した。

今日の美女のお好みではなかったかもしれないが、好きな人は絶対に多いはずだ。

「ええと、じゃあ朝比奈さん、って呼んでいいですか？」

「うーん、ちょっと他人行儀だな。せっかくお隣なんだし、湊って呼んでくれない？」

湊は箸を止めて、ちょっと悪戯《いたずら》っぽい目でなつみを見る。

「湊さん、ですか」

「うん、僕もなつみちゃんって呼びたいんだけど。ダメ？」

「えっ、それは……別にいい、ですけど」

いきなり距離を詰められて、ぎょっとするが、こうしてお部屋に上がり込んでごはんをご馳走になっている時点で今更かもしれない。

甲斐甲斐《かいがい》しく用意をしながらも明るく話しかけてくれる湊の態度もあって、久しぶりに会った、しかも元々そう親しいわけでもなかった人なのに、なつみはすっかり打ち解けていた。


「え、じゃあ湊さんも先月越してきたばかりなんですか？」

「ああ、上旬にね。なつみちゃんは下旬？」

「ええ。会社都合でこの付近に転属になっちゃって」

「ちょうど留守しているときに引っ越しだったのかな、全然、気が付かなかったよ」

「安いわりにはわりあい防音いいですもんね、ここ」

とりとめのない話をして、その日はそれで別れた。湊が何をしているかも聞きたかったが、さすがにぶしつけな気がしてやめておく。

明るく礼を言って靴を履いていると、湊が少し逡巡《しゅんじゅん》するような目で見つめていた。

「なつみちゃん、もし良かったらだけど、こうして休日の予定がないときとか、また一緒にごはん食べてくれない？　一人で作るのは味気ないんだ……」

「え、でも……」

そんな相手、湊ならいくらでもいるだろう。

やりくり料理が趣味なのは少し驚くが、彼のごはんは見た目もきれいで美味しいし、お料理男子は受けがよいはずだ。あの見た目からして気位の高そうな美人が必ずしもタイプってわけではないのならなおのこと……。

湊は少し情けなさそうに眉を寄せた。

「ちょっとさすがに、そういう関係の女性はしばらくいいかなって……なつみちゃんとはお隣同士、普通に仲良くできたらと思うんだけど……ダメ？」

（あ、そういうこと……）

なつみは納得した。湊があんまり気にした様子がないのでついスルーしていたが、彼は失恋したばかりなのだ。

なつみは頷いた。

「じゃあ、あのわたしでよければ喜んで。でもご馳走してもらってばかりじゃ悪いので、たまにはわたしのごはん食べにきてもらってもいいですか？　湊さんみたいにきれいなのはできないけど……あと、お菓子とか作っても？」

湊の顔がぱあっと明るくなった。

「もちろんだよ！　嬉しいな。あ、ＳＮＳのＩＤ教えてもらっていい？」

「いそいそとスマートフォンを取り出す湊に、なつみも微笑ましくなってあまり人には教えていないＩＤを告げた。


「はあっー。湊さんところ、きれいにしてたな。わたしも見習わないと」

一人で部屋に帰ると、先ほどまで会話が弾《はず》んでいただけになんとなくもの寂しく、お気に入りのＣＤをプレーヤーにかけて掃除の続きを始める。

昼ごはんを食べさせてもらった分、集中できそうだ。後片付けを……と申し出たが、初めてだから気を遣わないでと、やんわり断られた。

台所に他人を入れたくない人もいるので、無理にとは言えない。

（まあ、ああは言われたけど、今日は特別だしね）

彼女と別れてまで無駄にしたくなかった食事だし、あと人恋しさもあったのかもしれない。

この先、彼から連絡がなくても驚くことでもないだろう。

（だってそういうもんだし。その方が気楽だし）

まして所帯じみているとはいえ、とんでもないイケメンだ。彼とどうなるとか考えられない。

高校時代のことを考えても、彼は優秀な大学を出て順風満帆な人生を歩んでいるはずだ。ドロップアウト、とか少し考えたけれども、話したらそんな影も感じられなかった。

ちょっとお手軽価格なマンションに住んでいるのは、やりくり料理みたいな気まぐれのなせるわざかもしれない。

なつみも男性と付き合った経験がないわけではない。高校のときの彼氏とは何回かデートしてキスしたし、大学生のとき何人か付き合った一人とはほんの少しの間だが、同棲《どうせい》していた。

しかしどの相手も些細《ささい》なすれ違いで別れてしまっている。

『なつみってさー。派手じゃないけど、けっこう彼氏とっかえひっかえだよね。なんか意外』

高校からの友人にそんなふうに言われたことがある。

決まった相手と穏やかな愛をはぐくみ、そのまま結婚しそうなタイプに見えるかららしい。

なつみとしても穏やかに堅実にお付き合いして適当にゴールインできたら楽だなーと思うのだが、恋愛はそういうもんでもないのだ、と何度か経験して学習した。

恋愛を続けていくときに起こる、人生の転機や選択、ぶち当たる障害。

何かを選ばねばならないとき、恋愛を優先しなければ続かない局面はわりあい多い。

記念日は彼との逢瀬を優先するかとか、家を出るなら、彼に会いやすい土地での賃貸を選ぶかとか、いっそ同居するとかそういう感じのこと。

そういうときに、なつみはどうも違う方を選びがちで、あとで別れるにいたった経緯を友人に話して怒られることも多かった。

けれどそのときはそちらしか選べなかったのだから仕方ない。

正直、なつみは恋よりも進学や卒業や友達、就職などを優先してきたことに後悔はなかった。

恋はいい気持ちにはさせてくれるし、あったらあったでいいものだけど、絶対に必要なものじゃない。

ちょっと話しただけだが、湊とはそこらへんが合いそうな気がした。

磨き終えた窓を開け、少し涼しく感じる初秋の風を受けながら、なつみは伸びをする。

――もっとも、彼には恋愛対象ですらないみたいだけど。

先輩はよしてくれ、とか笑っていたが、生徒会長だけあって面倒見も良さそうだし、妹とか後輩を可愛がるノリなのかもしれない。

——まあ、なるようになるか。

掃除を終えて、今度こそミステリの新刊を読まなければ。

なつみは目を伏せて、ハンサムなお隣の面影を追いやった。


その夜、なつみは夢を見た。

ずっと胸の奥に沈んでいて忘れていた景色。

もっとも印象こそあれ、それが湊だということすら意識していなかったのだが。

改めて夢で見ると、それは確かに彼だった。

放課後の、代表委員会が終わったあとの教室。

みんな帰ってしまった後のがらんとしたそこで、彼は一人、教卓に座って窓の外を見ていた。

ちょうど日没頃で、教室の中はオレンジの西陽《にしび》に彩《いろど》られていて。

彼の横顔もオレンジ色に照らされていた。

品行方正な生徒会長である彼が、教卓に腰かけているというのがまず珍しく、そして、ぼうっと外を見ている横顔はどことなく寂しげで、忘れ物を取りに戻ったなつみは声をかけるのをためらったのを覚えている。

結局、思い切って入っていって、何やら適当な言葉を交わして立ち去ったのだが。

教室いっぱいの西日と彼の顔は、ずっと心のどこかにひっかかっていた気がする。

だから……再会できたのは……それが彼だとわかったのは少し嬉しかった。

いつかあの日のことを聞けるかもしれない、と思えたから……。


「えええー、何それ、なんでなつみにばかりそんな美味しいシチュエーションが転がりこんでくるの！　信じられないー」

週明け、会社での昼食時、気の合う同僚の久美子《くみこ》に湊のことを話すと、テーブルに拳《こぶし》を押しつけるようにして、悔しがられた。

なつみは首を傾げる。

「確かに美味しい思いはしたけど、こんなのこないだが初めてだよ、もう二度とないと思うし」

「あんたとわたしじゃ美味しい、の意味が違ってると思うの！」

久美子が顔を近付けるようにして、すごんでくる。

「あんた先月、営業の平島《ひらしま》さんと二人きりの残業になって呑《の》みに誘われてたじゃない。あと先々月は課長の金山《かなやま》さんと見本市に行ってた！」

「……平島さんと行った呑み屋は久美子ともよくいくチェーン店だよ、あと見本市会場ではろくな飲食店がなくて……」

「ちがーう。わかって言ってんでしょ」

軽く睨《にら》んでくる久美子に、なつみは肩をすくめて苦笑する。

「まあ……でも平島さん彼女いるし、課長は既婚者だし」

「別に、そんなどうこうなろうって下心ばかりじゃないのよ。感じがいいイケメンと二人きりで話したり、呑んだり、食事したり！　イケメンの所作を心ゆくまで観察して声とか聞いて、場合によったら優しい言葉とかかけてもらって！　そういう潤いが欲しいの」

久美子はだだっ子のように拳を振り上げたまま、テーブルに頬をつけてくだを巻いている。

（こういうところがイケメンとの出会いの機会を減らしているんじゃないかしら）

なつみは思うが口には出さない。

久美子は、やや小柄でさらさらのストレートの黒髪が印象的な美人だ。

黙っていれば日本人形のようだと評されているのも知っていて、妥当な評価だと思う。

当人いわく三代続く江戸っ子で、実際、ちゃきちゃきして面倒見がいいので男女ともに慕う人も多いのだが、このイケメン大好きと公言してはばからない趣味と、地声が大きいのでいろいろと損をしている。

（この間の彼には『ムードが持続しない』って言われてわかれたんだっけ）

などと思うが今は自分のことだ。

湊は確かにイケメンだし、イケメンを鑑賞するのは好きか嫌いか二択でいうなら好きと言ってもいいかもだが、いざ自分が交際するとなるとあまり重要視する要素ではなかった。

「あ、まあ湊さんの声は好きかなあ」

なつみが湊の低めで妙に艶のある落ち着いた話し方を思い出して言うと、久美子は違うところに反応した。頭を起こした。

「湊さんっ‼　もう名前で呼ぶくらいに親しくなったの？　聞いてないいっ」

目を三角にして詰め寄ってくる。

「ちょっとちょっと声が大きいって」

なつみは慌てて手で制した。

「ほら、お隣さんだし、また久美子がうちに遊びに来たときとか紹介するからさ」

「ほんとに？　絶対だからね」

久美子は現金にもすぐ掌《てのひら》を返してにこりとする。

「う、うん、まあ相手に聞いてみてからね……」

言質《げんち》を取られて、ちょっと面倒なことになったなと思うなつみだった。

ご機嫌になった久美子はすぐに話題を変える。

「それはそうと、やっぱりN市の件、断るんだ。もったいない～」

なつみも仕事モードになって、表情を引き締めた。

「うーん、確かにもったいない話だと思うんだけど、いろいろね……」

『なつみちゃんの友人なら、もちろん僕はかまわないよ。なんなら今度の休日にでも時間合わせる?』

食事を終えて、まだ少し休憩時間が残っていたため、SNSで連絡を送ってみると、即レスの勢いで返事が来た。

『それはさすがに……友人が襲撃したい！　って強行してきたら、相談させてください』

なつみは苦笑しながらレスを返す。いずれ来襲される覚悟はしておくが、何もこちらから誘う必要もないだろう。

なつみの最初の予想とは異なり、湊はあれからもまめに連絡をくれて、ときどき食事を一緒にするようになった。

湊も忙しいらしく、帰りが終電過ぎてからだったり、会社に泊まり込みになるようなこともしょっちゅう（今まで顔を合わせなかったのはそのためらしい）なので、そう回数は多くないのだが。

逆にまともな時間に家に居るときは、必ず連絡してきているのではないかという頻度で彼の部屋に呼ばれている。

呼ばれてばかりでは悪いので、なつみも呼んでみたり……自作のおかずを差し入れたりお菓子を焼いて持っていったりする。その繰り返しでかなり交流が続いていた。

夕飯の買い物を一緒にすることもある。

夜の十一時までやっている近所のスーパーが一番よく足を運ぶ行きつけだ。

休みのときには、もう少し早く閉店するちょっと高級な品物が並ぶところにも行くけれども、平日は断然、そこが多い。

待ち合わせて一緒に売り場を回って、シェアするのが恒例だ。

「なつみちゃん、この箱売りの玉ねぎ、半分要らない？　ちょっと今月、外に居ることが多くなりそうなんだけど、こっちのビニール袋入りのより美味しそうなんだよね……」

「あ、ちょうど切れたとこなので、もらいます！　湊さん甘いもの大丈夫ですか？　私はこの焼き菓子の徳用パックを……」

やっていることは仲良しの主婦のようだが、実際、便利で楽しかった。

「やりくり料理が趣味」と自称するだけあって、湊は閉店間際のスーパーで賞味期限ギリギリのものを買ったり、何軒かハシゴしてお買い得品を漁《あさ》るのが楽しそうだ。

それでいて作るものはきれいでオシャレな感じのものが多いのだから、恐れ入る。

そもそも「お買い得」というだけで、品質的には上質なものが多く、湊の腕もあって見た目だけでなく味もよい。

「留守のときも多いのに、そんなに買って困らないんですか？」

なつみがショッピングカートを押しながら訊いてみると、品物で溢《あふ》れんばかりの買い物籠を軽々と持った湊は爽やかに笑った。

「むしろ忙しいからこそ買いだめして、一気に作って冷凍、かな。外食ばかりだと栄養も偏《かたよ》りやすいし、休日に大量に料理するのはいい気分転換になるしね」

「すごい……賢い奥様みたい」

なつみが溜息《ためいき》をつくと、湊は首を傾げる。

「そもそもそういう家事は女の人がやるのが普通、っていうのが馴染めないんだよね。料理は楽しいものだし、やりたい方とか手が空いている方がやるのでいいんじゃない？　専業で主婦をしたいっていうならそれが好きなんだなって思うけど、女性も働いてたら同等でしょ」

湊は鷹揚《おうよう》に笑った。

「それはそうなんですが」

はーっとなつみは息をついた。湊の考え方はごくまっとうだとは思うが、まだまだそういう意識の男性は少ないだろう。いや女性だってそうなのかもしれない。

（湊さんみたいに、スマートに仕事も家事もこなして格好いい、っていう人がそもそも少ないよね）

なつみの過去の彼氏も自炊はしなくもなかったが、大ざっぱでワンパターンな「男の料理」が主流だった。そうなるとどうしても気になって、配膳に工夫したり、もう一品、汁物を作ったりしてしまう。

いろいろ口を出していると、「そんなにうるさく言うならおまえやれば」と言われた。

別段、気にはならなかったが、湊と比べると差を感じてしまう。

そんなことを考えていると、またピコンとスマートフォンの着信が光った。湊のものだ。

『だったらお友達とは次の機会で。今週末は空いてるから、土曜日、ごはん一緒にしない？　新鮮な鯛《たい》が手に入りそうだから、カルパッチョを作りたくて』

『うわっ鯛ですか？　だったら私はワインとサラダとか差し入れします！』

『それは嬉しいな。じゃあ十九時頃で！』

久美子の相談をするつもりが、また『美味しい思い』の予定を入れてしまった。

いいのかなあと思いつつ、昼休みも終わりなので、なつみはアプリを閉じて仕事に戻る。

休止していたパソコンを動かし、３Ｄで部屋の配置をシミュレーションできるソフトを立ち上げた。

ちょうど通りがかった男性の同僚が声をかけてくれる。

「春日井さん、前に手がけた、Ｂ……さんのあれ、評判良かったよ。依頼主も喜んでたし、広報課が今度、モデルとしてＷＥＢ掲載したいってさ。いいかな？」

「本当ですか⁉　嬉しいです。お客様に了承が取れたら、是非」

なつみは住宅リノベーションの会社で、インテリアコーディネーターをやっている。

若い頃から憧れていた職業で、サポートから始まった仕事もそれなりに一人でこなせるようになってきて、やり甲斐を感じていた。

ソフトを使い、依頼者が出してきたイメージと予算と、部屋の広さなどを頭に入れつつ、最適な家具や照明を選んでいく。

（そういえば湊さんのところ、キッチンもセンス良いなあ……お金もそれなりにかかってそうだった）

なつみは手と頭を動かしながら思い出した。

自分もプロなので、それなりに住みよい空間を作っているつもりだが、湊のところは、そもそも予算が一桁違った気がする。

部屋は大差ない間取りだが、かかっていたカーテンとか家具とか。

（そう、あのカーテン、どっかで見たことあると思ったら、N……社の最新作じゃない？　またよく見せてもらわないと）

いいなあと思っていたものが、ちょっと庶民には手が出ないブランドであることを思い出し、なつみは軽く興奮する。お値段を抑えることも大切だが良いものを見るのもまた目の肥やしになる。

（絨毯《じゅうたん》も北欧のA……社のだったし、家具も……なんかインテリアだけで、もっといいお部屋の数年分の家賃になりそうだけど。そういうこだわりかなあ）

ついつい頭の中で試算してしまうのは職業病のようなものだ。湊が何を思って、あの、一人暮らしとはいえ、ちょっと狭くて古い賃貸に住んでいるのか訊きたいけれど、訊けていない。

高校を出てから、何をやっているのかも。

（まあ当然だよね。単なるお隣さんの料理仲間だし）

親しくはするけれど、相手のプライベートには踏み込まない。そういう方が楽だった。


約束の週末がやってきた。

「あー、これ、美味しいけれど、度数きつくない？」

湊がリビングで、ちょっとしまったという顔をした。なつみが持ってきた辛口の白ワインはすっきりした喉ごしで料理によく合って彼も喜んでいたのだが。

なつみは首を傾げる。

「それほどでもないですけど。もしかして湊さん、けっこうお酒、弱いんですか？」

「そんなこともないはずだけど……最近、ちょっと疲れてるからかなあ」

湊はワインの瓶のラベルを読みながら顔をしかめた。

「やっぱりきつめじゃないか？　なつみちゃん、もしかして酒豪？」

「しゅっ……いや、まあちょっと強い方かなとは思ってますけど」

珍しく、カッターシャツの首元のボタンを開けている湊は、そこから覗く喉のあたりがほんのり赤くなっている。

彼は自宅でもシャツにスラックスとか、わりあいかっちりした格好を好み、料理をするときもメンズ向けのエプロンなどしてお洒落《しゃれ》に決めているが、今はそれも外してくつろいだ様子だ。なつみもほどほどに気を抜いたレギンスにワンピース姿で、酔いがまるで回っていないわけではないが、顔には出ていない。

二人して食事をすませ、ワインをそのまま飲みながら、リビングのラグの上でクッションに凭《もた》れ、映画を見ているところだった。

湊もなつみもホームドラマのような、それほど派手ではないがしみじみしたものが好きで、意外と趣味があう。

「そっか……僕、かっこ悪いな。女性より先に酔っちゃうなんて」

湊は頭を掻《か》いた。

本当に恥ずかしがっているらしい様子をなつみは可愛いなと思った。

「またまた。湊さんらしくもない。こんなの男女関係ないですよ」

「それはそうだけど……」

——君の前だと、ちょっと……。

湊が口の中でごにょごにょと呟いたが、小さかったので語尾が聞き取れなかった。彼ほどではないが、なつみも酔ってはいるので、そのままスルーしてしまう。

　そんな会話を交わしつつも、湊の作ったつまみを摘んだり、またワインを飲んだりしながら、映画を見ていると、ふいになつみの肩が重くなった。

「湊さん？」

「んん、ごめん……少しだけ……」

　湊が、とろんとした目で、なつみの肩に頭をもたれかけてきたのだ。

　なつみはドキリとする。

　並んだときに互いの体温を感じられる近さを、当初は躊躇《ちゅうちょ》していたが、湊が気にしてないふうなので流してしまっていたのだ。

「ええっと、湊さん、寝るんなら寝床で寝ないと風邪ひきますよ」

　邪険にならない程度に、揺すりながら声をかけるが、湊はうーんとか言いながら目を開かない。おまけにどんどん、体勢がくずれてきた。

「ちょっ……」

　ついに、なつみの膝を枕にする形で寝入ってしまった湊になつみは焦った。遠慮がちながら、肩をゆすってなんとか起こそうとするが、湊の気持ちよさそうな顔につい力が入らない。

　目を閉じていても、驚くほどに整っている顔だが、こうしていると少し幼い感じもする。

「疲れてる……んだよね」

なつみは呟いた。そっと前髪を掻き上げてみるが、湊が起きる様子はない。気付けば目の下には薄いクマができていた。

「まあいいか……」

初秋ではあるが、それほど寒くはない。高級でお洒落なカーテンは温かさも逃がさないし、これまた高級そうなラグはふかふかして気持ちよかった。なつみはひとつあくびをして、自分もそのままの体勢でうとうとし始めてしまった。


カーテンの隙間から漏れてくる光に、なつみが目を覚ますとそこは知らない部屋だった。それもベッドではなく、ラグの上に寝ている。体には布団がかけられていた。一瞬、状況がわからなかったなつみは目を瞬《まばた》かせてようやく状況を思い出す。

「あ、起きた？」

「湊さん……」

眠い目をこすりながら、起き上がると、湊が神妙な顔で、真正面に正座をした。いぶかしく思っているうちに、湊が床に手をついて頭を下げる。

「昨日はごめんっ！」

「え……？」

大の男にいきなり土下座されて、なつみは再び目を瞬かせる。

「いや……別に、そこまでされるほどのことは……それより、私こそ寝てしまって……」

湊は顔を上げ、また神妙な顔をした。

「そこまでされることだよ、酔っ払って、恋人でもない子に膝枕とかさせて寝ちゃうなんて、セクハラもいいとこだよね。格好悪いったらない」

「それは……そこまで迷惑ではなかったですし。疲れてたみたいだから、寝かせてあげたかったと思ったし」

なつみがもごもごと呟くと、湊は今度は目つきを鋭くした。

「ダメだよ、そんな曖昧な言い方。そういうところに付け込んだ僕が言えた義理じゃないけど、男はすぐ勘違いするからね」

湊の小さい子に言い聞かせるような言い方に、なつみは笑ってしまう。

「勘違いって……湊さんこそ、気をつけてください。セクハラしたとか謝っちゃったら、女の子に迫られちゃいますよ。『責任取って』って」

明るく言うなつみに湊はすっと目を細めた。ずいっとなつみに顔を近づけてくるので、気圧《けお》されてちょっと体を引く。湊は逃がさないというように、なつみの片手を握った。

「湊、さん？」

艶のある黒い目に覗き込まれて、なつみは息を呑《の》む。

湊の顔は真剣だった。

「……言ったらどうする？」

「え？」

「僕が責任取りたいって言ったら、君はどうするの？」

「ええっ！」

びっくりして固まってしまったなつみに、湊は、はーっと息を吐いて、握り込んだなつみの手を持ち上げて頬ずりをした。

「ごめん、引かないで。ムリじいとかするつもりないよ。二人きりになったから合意とかいう最低な男にはなりたくない、でも君、ちょっと無防備すぎない？　酔っぱらった男の部屋で一夜を過ごして、膝枕もしてくれて、これで期待しないって方が無理だ……」

「………」

（それはそう、なんだよね、でも……）

なつみは、ぐるぐると悩んでいた。

本当はわかっている。

経験の少ないティーンではあるまいし、恋人とか、それに類する予感がない男性の部屋で、普通二人きりでお酒を飲んだりはしない。

（でも、現実感がない。朝比奈先輩と自分、とか……）

湊と親しく過ごしていても、なつみの中には高校生の自分がいる。

全校生徒の憧れの的で、壇上に立って常に注目を集めていた彼が……。

お隣に住んでいても、どこか遠い存在の彼が……。

（すごい美人の恋人、とかいたし）

半ば困惑しながらも自分の手に懐《なつ》いている湊を見ている姿は、何かを肯定しているように彼には見えたのかもしれない。

湊がふと顔を上げて、なつみの目を覗き込んだ。

その瞳に今までにない熱を帯びた光を見つけて、なつみはぞくりとする。

（猛獣の目だ……）

きれいで、しなやかで、けれどとても獰猛《どうもう》な獣《けもの》が獲物を見つけたときの目。

その目に射抜かれたらもう逃げられない。

そんなふうに思えて、なつみは思わず目を閉じてしまった。そこへ唇が降ってくる。

「ん……」

少し薄くて潔癖な感じのする唇は、触れるとひどく熱かった。

なつみの唇を食べてしまうように幾度かついばむと、舌が伸びてきて唇を優しく開かせる。

なつみがそれを許すと、湊の腕が伸びてきて、なつみの肩を抱き自分に引き寄せた。

「あ……」

なつみはバランスを崩して湊の胸に倒れ込む。

そのまますなじを押さえられ、深く口づけられた。

(あ……やばい、かも……)

なつみはくらくらしながら思う。

気持ちいい。

いくらか経験はあってもあっさりした関係しか築いてこなかったなつみには、こんなのは初めての感覚だ。

(キスってこんなに気持ちよかったんだ……)

湊は決して性急にはしてこない。あくまで優しくソフトに触れてくるのに、その感触にうっとりしているうちに、いつのまにか繋《つな》がりは深くなっている。

上唇を甘く噛《か》まれ、舌先で歯茎をなぞられているうちに、もっともっとと焦《じ》れてしまう。

気付けば、全身を湊に抱きしめられ、煽《あお》るように撫《な》で回されていた。

ついさっきまでそんなこと、想像もしなかったのに、そうされるとそれがとても自然なことのように思う。

温かく、安心できる腕の中で、身体がバターにでもなってしまったように蕩《とろ》けてくる。

「なつみ……」

キスの合間に、湊が甘く囁《ささや》いた。

頬や耳元をたどる指先も、誘うようでとても優しい。

ちゅっと濡れた音が響いて、さらに舌が奥まで入り込んできた。

逃げようとする舌を舌で捕らえられ、優しく絡められる。吸われて包み込むようにされて、頭の奥がじんと痺《しび》れる。

長い長い口づけのあと、ようやく唇を離されたときには、なつみはくったりと湊に身体を預けてしまっていた。

少し気恥ずかしくてうつむいてしまうが、顎《あご》に手をかけられ上向かされる。

目を覗き込まれながら、濡れた口元を湊が親指で優しく拭《ぬぐ》った。

「蕩けちゃってるね」

湊が耳元で囁いた。

「え、何が……？」

「なつみちゃんの目。蕩けて潤んできらきらしてる」

――とても美味しそう。

笑み混じりに囁かれて、言い返すこともできない。

「奥の部屋に、連れていってもいい？」

少し掠《かす》れた声が、どうしようもなく色っぽくて抵抗できなかった。朝なのに……という思考さえ、腰をたどる手にすぐ逸《そ》らされる。

小さく頷くと、ふわりと身体が浮く感触がして、湊の腕に抱き上げられたのを知った。


似たような間取りの１ＬＤＫなのだから、奥に部屋があることは知っていたが入ったことはなかった。そこは私的な空間なのだろうと検討がついたから。

（ほんとにベッドしかないんだ……仕事、持って帰ってやったりしないのかな）

部屋の三分の二以上を占めるキングサイズのベッドに下ろされて、少し現実逃避をする。リビングやダイニングにも物が少ないのに、寝室もいさぎよくシンプルだ。

（ベッドも上等だなあ……このスプリング、すごくいい……）

なおも余計な事を考えているのを咎《とが》められるように、のし掛かられて口づけられた。

躊躇なくワンピースのスカートに入り込んでくる手に思考を奪われる。

「あっ……」

「こっちに集中してね……」

（うー、なんか、緊張する、のに）

無理矢理に注意をそちらに向けさせられ、恨みがましい目で湊を見る。

遮光カーテンを使っているのか、朝でも薄暗い部屋のベッドで、横たわった姿勢で見上げる男性は、ちょっと知らない人のようだった。

なつみが自分を見たことに満足したのか、湊はくすりと笑って、再び口づけてきた。

唇が顎を通って、首筋をなぞられ、思わず声が漏れる。

「ん……、ぁ」

「可愛い」

愛撫《あいぶ》されながら、少しだけ上半身を持ち上げられ背中のファスナーを下ろされた。

触れられたり囁かれたりしながら、熱に浮かされるような気持ちのまま、きれいに脱がされてしまう。

「さすが、手慣れて、ますね……」

「そうかな」

湊は苦笑するように答えながらも、甘やかすように撫《な》でてきて、なつみは声と吐息を止めることができなかった。

ひとしきり喘《あえ》がされて、くったりベッドに沈んだなつみは、湊が身体を起こして服を脱ぐのをまじまじと見つめた。

普段のスタイルとか抱き上げられた感じでも予想はできたが、バランスがよくきれいに筋肉がついた肢体をしている。

着やせする性質《たち》らしくて、脱ぐとたくましさが増すようだ。

「改めて見られると、恥ずかしいな」

湊がなつみの視線に気付いたのか、照れたように笑った。

「恥ずかしいとか…なんかの彫像になりそうなくらいきれいですよ」

「そう？　ありがとう」

言いながら衣服のすべてを取り払ってしまった湊は、ベッドに入ってきてなつみを抱きしめた。

「ずっと、こうしたかったんだ……」

胸と胸をぴったりつけ、手を握りあい、脚を絡ませあって湊が言う。

なつみは思わず突っ込んだ。

「しばらく、そういうのはいいって言ってませんでしたっけ？」

「普通にご近所づきあいしたかったのもほんと。でも好きな女の子が手の届くところにいて、笑ってたら触りたくなるし、触ったら止められない」

「は……」

優しく微笑まれながらそんなふうに言われると、頬の血が上ってくる。

「なつみちゃん、肌がきれいだね。しっとりしてすべすべで、とっても気持ちがいい。それに僕の身体にフィットしてあつらえたみたいだ」

湊がなつみの背中を撫でた。確かになつみの身体は、彼の腕の中にぴったりと嵌《は》まり込んでいて、なんだか安心する。

（でも、それは湊さんが平均より立派な体格だからで……）

世の平均的な身長体重の女性だったら、だいたい彼の腕の中にはきれいに収まると思う。

（いや、だから、嫌なわけじゃないんだけど、むしろ……）

なつみは慌てて自分に言い訳した。

ついつい突っ込んでしまうが湊の言葉に水を差したいわけではない。ただただ、冷静になりたいのだ。

実際のところ、なつみはかなり焦っていた。

何故《なぜ》なら、とても気持ちがいい。

蕩けている、と言われたが、本当に、彼の手の中で溶けてしまいそうな気がする。

温かくて触れ方も優しくて……セックスでこんなにうっとりしてしまうのは初めてだった。

不意に湊の手がなつみの乳房を捕らえた。両手でやわやわと揉《も》んでくる。

「んっ……あ、あ……」

「これ、きれいだね、真っ白で、お椀《わん》をふせたみたいで、すごくいい形をしてる」

「そんなのっ、あっ……」

「大きさもちょうどいいし、柔らかい……」

耳元で囁かれ、親指の腹で乳首を押しつぶすようにされた。

「やっ……ああん」

声が甘えたようになるのが恥ずかしいのに、止められない。

触れられたところが、ふくらんで勃《た》ってくるのがわかる。彼の指を悦《よろこ》んでいる。

(こんなのってっ……)

経験はそれなりにあったつもりだった。

抱き合えばそこそこに気持ちよくなって、親密さが増して、お互いにすっきりする。

不満は特になく、ただ、こんなものだと思っていた。それらがすべて覆《くつがえ》されるような衝撃。

熱くて鮮烈で強烈な刺激。

「こんなに興奮するの、初めてだよ……」

湊の声が自分の心を読まれたかのように響く。

そのまま下りてきた熱い唇に、乳頭を咥《くわ》えられて吸い上げられた。

「あぁっ……」

なつみの身体が撥《は》ねる。きゅううっと、神経の束を吸われたような気がした。

甘い痺れが全身に広がっていく。

とろり、と脚の間が熱くなって、蜜が溢れるのを感じた。

なつみは思わず脚を閉じてもじもじしてしまう。

「ああ、濡れてきちゃった？」

くすりと、湊が笑うのを感じる。

「違っ……」

ごまかしても仕方ないのに、反射的に否定の言葉が出るが、湊にはそれもお見通しらしい。

「隠さなくても大丈夫だよ、僕なんかもうこんなだ」

太股《ふともも》の内側にねじ込むようにして熱い昂《たか》ぶりを押しつけられる。そこはもう固く勃ち上がっていた。

はあっ、と熱い溜息をつかれる。

「ね、もう濡れてる」

たしかに擦《こす》りつけられるそれは、股の上をぬるりと滑っているような気がした。

思わず手を伸ばして確かめれば、それはずっしりと持《も》ち重《おも》りがして、先が少し濡れていた。

「ん、気持ちいい」

先端と少しくびれたところを撫でさすっていると、湊が息をついて、手をなつみの脚の間に入れてきた。

和毛《にこげ》をかき分けるようにして、ふっくらした恥丘の溝をなぞってくる。

「しっとりしてるね……」

指先が、花びらをそうっとめくって、奥にある花芯を捕らえた。露をたたえたそれをそうっと確かめるように刺激してくる。

「あっ……あ、ぁあっ……」

感じさせるやり方を心得た指で、緩急をつけてそこを揺さぶられるとどうしようもない。

思わず湊のものから手を離してしまうと、ここぞとばかりに脚の間に身体を割り入れられ、手首をシーツに押さえ付けられた。

「やぁ……だめ」

指が動き、刺激を強められる。

閉じた目の裏がちかちかして、蜜があとからあとから溢れ出てきて恥ずかしい。

「感じやすいね……すごくきれいだ」

身体をよじっていやいやをするなつみを、湊は宥《なだ》めるように抱きしめ、さらに奥の方に指を進めた。

くちゅりという水音がして、指が中に入ってくる。

「なつみちゃんのここ、すごく熱いよ……」

「んっ……言わない……で」

もう抵抗する気力もおきず、口元を押さえながらなつみは甘えた声を出した。

(あの指が……あんなところに)

湊の料理をするときの指を思い出す。

男性の手らしく大きくて骨張っているけれど、長くてとてもきれいな指だ。

それが一本、次に二本と入り込んできて、なつみの中をさぐっていく。潤んだ内壁をこすって、中を掻き回して、抽送の真似事《まねごと》をする。

「あ、あ、ん………ぁ、あああっ……」

最初はそれでも、身体をくねらせたり、湊にも触れたりしていたのに、いつしか完全に湊に料理される食材みたいにされるがままになっていた。

蜜壷を蹂躙《じゅうりん》されながら、花芯を摩《す》られると、気持ちよくてしかたない。

ひたすらに高い声を上げながら甘い刺激を受け取る。

とろとろとひっきりなしに蜜が、身体の中から溢れてくる。

ずるり、とまとめて指が抜かれた。シーツの上でいつのまにか立ててしまっていた脚を開かされ、折り曲げて持ち上げられる。

「いい？」

ぐちゃぐちゃにされてほころんだところに、熱くて太いものが宛《あて》がわれた。

焦れるような気持ちで、うんうんと首を縦に振る。

彫像のような顔に、見下ろされると、カッと頬が熱くなった。

湊のがっしりとした身体は軽く上気して汗ばみ、なんともいえない色っぽさを醸し出している。

うっとりするように見つめられると、身体中が沸騰しそうだ。

（私、この人と、本当に？）

嘘《うそ》のような状況に、思わず我に返りそうになるが、高まりきった身体がそれを許してくれない。ただ欲しい。

（早く、早く、挿れてほしい……）

入り口のところをそれで擦られるだけで、さざ波のように甘美な感覚が生まれる。

少しだけ押し当てられると、もう期待で胸がいっぱいだ。

（……早くっ！）

なつみがとろとろになってもう我慢できないくらいになったとき、タイミングを見計らったように湊は彼女の中に挿入を始めた。

心を読まれたとしか思えない絶妙な一瞬だ。

「あ、ああっ……」

初めてではないが、けっこう緊張するくらいに久しぶりなのに、それはすんなりとそこに入ってきた。けっして小さくはないものが、まるであつらえたようにぴったり嵌まり込むことにむしろ驚いてしまう。

（湊さんのけっこう、立派、だよね、でも……）

ずっしりした重みも、圧迫感もあるのに、それがものすごく気持ちいい。

隙間が、埋められていく感じがする。

「ぼくの腰に脚を回せる？　その方が楽だから」

言われて、恥ずかしさを感じながらも、脚で湊の体を挟み込むようにすると、半ばほど引き抜かれて、ゆっくりと奥を突かれた。

「あ、あんっ……」

身体の奥深くに彼を感じる。

熱杭で奥の行き止まりを確かめるように小刻みに揺さぶられ、細かく波を送られて、身体中に震えが走った。

「なつみちゃんの中、吸いつくみたいに締め付けてくる……すごい」

湊が囁いた。

突き上げが強くなる。

「んっ、んっ、んっ……あぁっ……」

強く抱きしめられ、身体ごと揺さぶられた。

思わず広い背中にすがりつくと、湊がはっと息を呑む気配がした。

「なつみっ……」

「んっ……」

ちゃんを付けずに呼びかけられ、思わず目を開くと、噛みつくように口づけられた。

舌先が唇を割って口内を探る。

奥の奥で楔《くさび》を掻き回すように動かされた。ぐちゅり、という音が体内で響く。

「すっごい濡れてる……気持ちいい？」

笑い混じりに言われても、返事などできない。

しかしそれが不満だったのか、湊が上体を起こして、なつみの片足を持ち上げ、肩に担ぎ上げてきた。

「あぁぁぁあっ！」

体勢が変わって繋がりが深くなる。

それだけでも辛《つら》いのに、湊は指を伸ばして繋がりの上の部分を探ってきた。

膨れ上がった花芯を摩り上げる。

「やっ、あ、あ、あ、いやっ…いやっ……」

中を穿《うが》たれながら、もっとも感じるところを摩られて、目がくらむほどの愉悦が走った。

身体を弓なりにそらせると、さらに太い衝撃が襲ってくる。

「きれいだ、よ……」

ぐちゅぐちゅと突かれながら、中で湊が大きくなるのがわかる。

「あ……」

もうダメだ、と思ったとたん、緩やかにされて、落ち着いたと思ったら、また強く突かれた。

なつみは、はくはくと口を開けたり閉じたりして、息をするのが精一杯だ。

気持ちよさの頂点に押し上げられたまま、弾けそうで弾けられない。

「んっ……」

もどかしさに身体をよじると、湊が奥で腰を回しながら、違う箇所を強く穿ってきた。

「あ、あ、あっ、あああっ……」

快楽が弾けて身体がふわりと浮くような感触があった。

どっと蜜がまた溢れる。ほぼ同時に湊が腰を震わせるのがわかった。

「ああ、最高……」

体重をあまりかけないようにされながら抱きしめられ、なつみは満ち足りた思いを感じた。

第二章

「え、デートですか？」

もう何度目か、湊の部屋にお泊まりした朝、素肌に手近にあった湊のシャツ——いわゆる彼シャツというヤツだ——をまとった格好で珈琲を淹れていたなつみは、少し驚いて彼を振り返った。

「うん」

ソファに座った湊はにこにこして、返事を待っている。

「別にいいですけど……」

なつみは小首を傾げた。

ベッドを共にしても、湊との関係は、あまり変わらなかった。

元々年頃の男女が、付き合ってもいないのに一室で食事をしたり、テレビを見たりという距離感がおかしかったのだが、いわゆる恋人同士になってもあまり近付いた気がしない。

なつみは相変わらず、湊の仕事について突っ込んで訊けなかったし、仕事優先で恋愛は二の次の主義を変える気もなかった。

正直、そのくらいの距離感が心地よかったこともある。

そもそも湊も忙しそうにしていて、あまり家に帰ってこないし。

一線を越えてからは、ただ、普通にしているときも、湊からの接触がちょっと多くなり、たまに泊まってエッチをしたりするぐらいの間柄だ。

彼シャツなどというのも、本当に手近にあったから、羽織っただけにすぎない。

借りますね、と声をかけたときに、妙に嬉しそうにもちろん、と言われたような気はするけど、せいぜいそれくらいのもの。

改めてデートと言われてもピンと来なかった。

「で、どこに行くんですか？」

ソーサーを左手に持ち、立ったままお行儀悪く珈琲に口をつけながら（湊にも要るかと聞いたのだが、今はいいと言われた）なつみが訊くと、湊はちょっと目を見開いた。

「いや、まだ考えてないんだけど」

「え、だったらなんでデート？」

そういうのは行きたいところがあるから誘うものではないか。

思い切り突っ込むと湊は照れたように笑った。

「うん。ただ、単に外でなつみちゃんと待ち合わせたり、町を一緒に歩いたりしてみたいなあ、って思いついたから、それならデートだ、って」

なつみはちょっと呆れた。

湊の発想は時々、なんというか……思春期の乙女みたいだ。

「高校生じゃあるまいし……こうしているのだってデートと言えばデートですよ？　おうちデート」

言い聞かせるようななつみの口調に、湊は苦笑した。

「こうしているのも楽しいけどね、勿論《もちろん》、もっといろいろなことをしたくてさ」

「そういうものですか……」

「うん。わがままだけど、付き合ってください」

「わがままだとは……いいです。わかりました。しましょうデート」

「ほんとに？　ありがとう！」

お付き合いを始めたばかりの恋人に、手を合わせてそこまで言われては、断ることはできない。

確かに湊と休みが合うときは、家でゴロゴロしていることが多くて、外出もろくにしていなかったし。

（着るもの、どうしようかなあ……）

改めてデート、ということになると、にわかにそんなことが気になり出す。

嬉しい気持ち半分、照れくさい気持ち半分だ。

湊がそんなに喜んでくれるなら、それも悪くないと思う。

ちょうど、来週後半は湊も出張だの、打ち合わせだので家には帰らないというので、それが終わる土曜日の午後、外で待ち合わせることになった。


そんなこんなで約束の日。

待ち合わせの駅の改札を出たところで、どこに居るかな、ときょろきょろしていたら、すぐに声をかけられた。

「なつみちゃん！」

見れば壁際で周囲より頭ひとつ分高いイケメンが、笑顔で手を挙げている。

（うっ、やっぱり、彼、外だと目立つ……）

湊を家の外で見かけるときは、だいたいお堅いスーツ姿だが、今日はおしゃれな感じの麻のジャケットにタートルネックだった。

少しカジュアルな感じがお忍びの芸能人っぽくて、背中にバラか後光でも背負っているかのように輝いて見える。

注目を浴びるのを苦手とするなつみは、その印象だけで少し気後《きおく》れして、回れ右して家に帰りたくなった。

自分か彼の家に居るときは、彼の美貌にも慣れてきたのだが、外に出ると、周囲がちらちらと見てくる視線もあいまって、たじろいでしまう。

(ダメダメ。イケメンなのは、湊さんが悪いわけじゃないんだし)

なつみは内心で自分を叱咤《しった》して、彼の側に歩み寄った。

「どうしたの？　何か忘れ物でもした？」

帰りたくなったのが顔に出ていたのか、いぶかしそうにする湊に、なつみは苦笑するしかない。

「いや……やっぱ湊さんって目立つなあ、と……」

「ああ、ちょっと平均より背が高いからね、目立つのは嫌い？」

湊は合点が言ったように頷きつつ、首を傾げた。気にしているようだ。

「得意か苦手かというと、得意ではないんですが……」

（そして、背の高さの問題でもないと思うんですが……）

はっきりとは言わないで、なつみは話を逸らした。

「今日は、スーツじゃないんですね」

「ああ、今朝は身内で打ち合わせをしただけだからね。なつみちゃんも」

湊はふんわりしたグリーンのロングスカートに、白ブラウスにカーディガン姿のなつみをにこにこして眺めた。

「その格好、とても可愛い」

「あはは……ありがとうございます」

堅苦しい服は苦手だが、かといって部屋着を着てくるわけにもいかない。

それなりに悩んで久美子にも相談して決めた格好だったが、湊と並ぶと少し子供っぽく見える気がする。

そんな逡巡《しゅんじゅん》にも気付いた様子はなく、湊は明るく声をかけてきた。

「どこに行こうか？」

「特に希望は……」

あれから結局、待ち合わせの駅を決めただけで、そのへんの町をぶらぶらする、みたいなぼんやりした計画しか立てていなかったのだ。

「じゃ、僕が決めていい？　少し歩いていいかな。ちょっと落ち着くサンドイッチのお店があるんだけど」

街路樹がずらりと並ぶ散策路を指差される。

頷くと、自然に歩道側に誘導して歩き出され、なつみは感心した。

（なんていうか……そつがないよね）

計画はないがなつみに合わせて、なつみに希望がないなら気軽についていけるプランを示してくれる。

自分に向けられる視線に気付かないこともないだろうに、湊はなつみだけを見て、自然に振る舞った。

日頃から注目され慣れているとそういうものなのだろうか。

どこに行くかも決めていなかったというのに、特にためらうこともない。

四方がガラス張りになって外がよく見えるカフェで、珈琲と、彼お勧めのローストビーフのサンドイッチを食べた。

「あ、美味しい……なんですか、これ、わさび醤油《じょうゆ》？」

「そうだね。パンもいいでしょう。匠《たくみ》の技だよね」

湊が自分のことのように得意げなのに、思わず笑ってしまう。

確かにパリッと焼き上がって、中はもちもちのフランスパンだ。

「レタスも有機栽培のを使ってるよ。タマネギも」

「どうりで苦みとか辛みがまるでない……」

なつみが感心しながらも、かぶりついていると、湊がゆったりと微笑んだまま見つめてくる。

「なんですか？　じっと見て。湊さんもおかわりが欲しい？」

「ううん、ただなつみちゃんが美味しそうに食べてくれるのを見るのが好きなんだ」

「そんなの……いつもでしょう？」

湊の料理が美味しいので、しょっちゅうご馳走になっているし、夢中で食べている。

もちろん、お返しとして自分が料理することもあるが、ともかく珍しいことではない。

「そうだね。いつも好きだなあ、と思って眺めてるよ。飽きない」

湊は微笑んだ。なつみは赤くなる。

照れ隠しにまたサンドイッチに集中しながら、なつみはちらりと湊を眺めた。

（ほんとに、こんな人がなんで私のこと好きなのかな……）

二人とも料理や美味しいものが好きで、見るドラマとかも趣味が合って、話しても楽しくて。

だけど、湊の世界はそれだけではないだろう、という気がいつもしている。

（話が合うように思うのも、湊さんの世界が広いから、その端っこの自分の世界とも併《あわ》せられ

するだけ、だったりして)

なつみは少し切なく考えた。

今は楽しいけれど、この先、ずっと湊といることに現実感がない。夢の中にいるような気がする。

(ま、いいか……湊さんはご馳走に飽きてお茶漬けが恋しくなっただけかも)

かつてちらりと見たゴージャス美女のことを思い出す。

特にタイプではないと言っていたが、付き合っていたということはああいう人も好きなのだろう。自分は箸休めのような感じかもしれない。

(それはそれで楽しいんだから、いいよね)

今がいいなら良いと、割り切ることにした。

そのあと店を出てウインドウショッピングをした。湊に従って歩くだけで、気付けば、紅葉のきれいな公園に誘導されたりしていて、退屈する瞬間がない。

「いい天気だね。風が気持ちいい」

湊が弾んだ声で言うのに頷く。

青空は高く澄んで、ふわふわの白い雲が浮いている。絶好のデート日和だ。

初めて来たところではないのに、二人で歩くと別の街に来たような気がする。

湊は高級なところも、お手軽なところも、特に区別することはなく、なつみが心地いいと感じられるものへと案内してくれた。

地下の回廊に展示されている絵画を眺めたり、道ばたで売っている陶磁器の渋めなネックレスを購入したりして、いつしかなつみも目立つイケメンと歩いている緊張を忘れて楽しんでいた。

湊のお勧めの街角の甘栗《あまぐり》屋で、甘栗を買ってみたりもする。

「ここのはやっぱり美味しいよね、ちょっといけばマロンパフェが美味しいところもあるんだけど……」

「パフェには惹かれますけど、ちょっと今はおなかいっぱいですよ」

湊は美味しいものに詳しい。

女性の食べる量も心得ていて、少量で美味しいものを勧めてくれるのだが、いかんせん数が多すぎる。少し歩いて消化したい。

「あ、あそこ、観覧車があるみたいですね。乗りませんか？」

「あ、いいね」

少し離れた場所から見える施設を指差すと、湊も同意した。

そのまま歩いていって、乗車券を買って列に並ぶ。

観覧車としてはそれほど大きくはないそれは、家族連れに人気のようだ。

「なんか……ほっとしますね」

ゆったりと上昇していくゴンドラの中で、なつみは外を見ながら言った。

「日常の中の非日常っていうのかな。それほどいつも働いているところから遠くないのに、不思議な感じ」

「こういうのも悪くないでしょ」

対面に座っている湊が目を細めて手を伸ばしてきて、なつみの髪に触れた。

「？」

「小さい葉っぱ。ついてたみたい」

髪に絡まっていたらしい木の葉を、湊が指先で摘んで、取ってくれる。

なつみはその仕草に、キュンとしてしまった。

（よく見ててくれるなあ……）

これが彼の一時の気まぐれでも、箸休めでも。

今、この瞬間、湊の目に映っているのは自分で、それだけじゃなく、とても大事にされているのがわかる。

それはなんだかすごいことのように思えて。

「なつみちゃん？」

　ぼうっと彼の顔を見ているのをなんと思われたのか、そのまままちゅっと口づけられた。

「なっ……」

　誰にも見られていないとはいえ、こんな戸外の明るい場所でされたことに、なつみは慌てる。

湊は自分の唇に人差し指をあて、悪戯が成功した人のように笑った。

「ぼんやりしてたから、奪っちゃった」

「もうっ……」

　なつみは赤くなって湊を軽く叩《たた》いたが、もちろん、本気で怒っているわけではなかった。むしろ彼との心の距離が近くなったような気がする。

「あーあ」

　湊は溜息交じりに言った。

「高校からこんなふうに、なつみちゃんとお付き合いしたかったたな。とっとと告白しとけばよかった」

「馬鹿なこと言って。ありえません」

　顔ぐらいは知っていたし、言葉を交わしたことはあったが、そんな雰囲気にはほど遠い、距離も遠い同士だったではないか。

なつみは言うと、湊はちょっと寂しそうな顔をしたが、気を取り直したように笑った。

「そうだね。こうして再会して仲良くなれた奇跡に感謝しよう」


夜は駅前の少し隠れた路地にあるフランス料理店でコースを食べた。

知る人ぞ知る……と言った感じで、こぢんまりとしたアットホームな雰囲気のある店だが、味は本格的だ。

お値段も少し豪勢だが、出せない額ではない。

湊の勧めるワインと合わせて、ゆったりした気分で料理を堪能した。

「やっぱり、こういうのも良いですねえ」

車《くるま》エビを香草で焼いたメインディッシュをつつきながら、幸せな気分でなつみは言う。優雅な仕草でナイフとフォークを使いながら湊も同意した。

「プロだけが作れる味っていうのもあるからね」

「よし、この味を家庭で！　とかは思わないんですか？」

「厳選された素材と、時間と、それに技術があってできるものだろう？　張り合おうとは思わないかな」

「ふうん……ちょっと意外」

湊が心底、楽しそうにアイディア料理を作っているのを見ているので、なつみは言った。湊は目を和ませる。

「料理っていうのは毎日のものじゃないか。中世の貴族とかじゃないんだから、今時、どんな富豪でも、三百六十五日、三食すべてを一流のシェフが作りますなんて家は少ないと思うな。あってもそんなに羨ましいとは思わないし」

湊はさらりと言って、なつみの目を見つめた。

「僕ならシェフの料理はシェフの料理で、たまに楽しみたいけど、急がなくちゃいけない朝とか、疲れて帰ってきた夜とかの食事を少しだけちゃんとしたものにしたい派」

「……なんかわかるような気がします」

なつみは相槌《あいづち》を打った。

すごく稼ぐビジネスマンでも、いやすごく稼ぐ人だからこそ、朝はゼリー飲料一個、なんてことがありそうだ。湊はそれに異を唱えたいらしい。

「昼はお弁当が理想だけど、温かいものが食べたいこともあるし、そのへんもどうにかしたいんだけど」

「社員食堂が充実してればいいですけどね。あ、でも最近カフェのごはんも良いものが多いです。私もしょっちゅう行っちゃう」

そう言うと湊は興味を引かれたようだった。

「ほんと？　どういうとこ？」

「R……ってとこです。前は郊外に多かったけど最近、都心にも増えて」

なつみが、最近会社の近くにできた新興のチェーン店の名を口にすると、湊は少しだけ動揺したようだった。

「あそこか……なつみちゃんの会社、近いの？」

「ええ、M町店がすぐそこで……あれ、嫌いですか？」

ここ数年で勢いを増したそのカフェは、飲み物だけではなく軽い食事もできる。男性でも満足できるボリュームのものや女子向けの軽いものまでお値段もそこそこで接客態度も良い。味も合格だと思うのだが。

湊は手を振った。

「嫌いってことはないよ！　ただ君の口からその名前が出てきたのが意外だったから」

「そうですか？」

席もゆったりして、どちらかというと若い女性に人気がある店だと思う。

なつみは少し違和感を覚えたが、次の料理が運ばれてきて湊が違う話題を振ってきたので、そのことは忘れてしまった。

「御馳走させて、って言ってもダメなんだよね」

会計の段になり、今までもスーパーなどで、強硬にワリカンを主張されてきた湊が残念そうに言う。

「そうですねえ。正当な理由があるとか、私の誕生日くらいなら」

なつみは澄まして言った。会社の上司に強引にされない限り、人におごられるのは遠慮している。

付き合った男性と別れる際に、ねちねち文句を言われてうんざりしたのだ。

外では気前よさげにおごってくれる人だったが、なつみの家に来たときは材料費も出さずに、当然のように食事をしていった。

いろいろな物も借しては返されなかったが、なつみは何も言わなかった。価値観は人それぞれだ。

特に吝嗇《りんしょく》というわけではなかったので、本当に気付いていなかったのだろう。

ともかくお互い遺恨がないようにしておくに、越したことはない。

湊は残念そうだが、無理に押したりはしなかった。

「それじゃあ、誕生日にはパーッと派手にやらなくちゃ」

「楽しみにしてます。でも湊さんの誕生日にお返ししますよ」

　さらりと言うと、参ったなあと笑われる。

「ハードルが高いね……じゃあ、正当な理由ってどんなとき？」

「そうですね……」

　なつみは、うーんと考えた。

「何かお仕事で大成功して臨時収入が入ったとか、臨時ボーナスが入ったとか、はたまた宝クジで三億くらい当たったとか？　そういうお目出《めで》たいことのお裾分けなら、喜んでお付き合いできるかも」

「わかった。楽しみにしておくね」

　湊は得心がいったように頷いた。

「楽しみ？　おごるのがですか？」

「おごるのもだけど……」

　湊はなつみの腕を引っ張って引き寄せ、耳元で囁いた。

「君をめちゃくちゃに甘やかして、甘えさせて、僕の色に染めたい、かな……」

「………」

　気障《きざ》なセリフに、ちょっとぞくりとしたが、少しお酒が入っていたこともあり流されることにする。

「それじゃ、楽しみにしていますね」

「春日井さん、最近、きれいになったよね」

営業の平島と、今度やる大規模セールスについて打ち合わせをした後、声をかけられてなつみは首を傾げた。

「そうですか？　特に前と変わりませんけど」

彼氏ができてきれいになる、というのはよく聞く話だが、それは彼の好みに合わせてお洒落《しゃれ》などをするせいだろう。

なつみは湊と付き合っても、メイクも着るものも特に変えた覚えがない。

平島はなつみの同期で、アイドルみたいな童顔の可愛らしい顔が目立つ社内に人気の若手だ。久美子にも言ったが、ラブラブの彼女がいるのをのろけまくることで有名なので、安心して話ができる。

ただそこは凄腕の営業。下心がなくとも息を吐くように人を褒めて良い気分にさせようとするので、そうそう本気には取れない。

軽く流そうとするなつみに、なぜか平島の方が食い下がってきた。

「言っとくけど、お世辞じゃないからね？　間違いないよ。肌が明るくなって表情も生き生きしてる。髪の艶もよくなった気がする」

「……ありがとうございます」

それはそれで覚えのないことではなかったので礼を言うがなんとなく気恥ずかしい。

色つやがよくなったとすれば、間違いなく湊のバランスの取れた料理と、適度に充実した性生活のおかげだろう。

（女性ホルモンが増加した、ってやつかしら……）


この間のことだ。

テレビを見ていて、湊とちょっと意見が対立したことがあった。

とある歴史エピソードの真偽について、お互いの記憶が食い違っただけだが、どちらも正しいのは自分の方だと言って譲らず、簡単な賭けをすることになった。

もちろん、単なるお遊びで険悪な雰囲気ということではない。

「じゃあ、私が正しかったら、湊さんはカラオケで演歌を十曲くらい熱唱してくださいね」

なつみはうんうん唸って悩んだあげく、罰ゲームをそれに決めた。

湊が美声で歌もうまいことを知ったので、思いついた罰だ。

「別に、なつみちゃんが喜ぶならそのくらいやってもいいけど……」

「なんで、そう寛容なんですか！　少しくらい嫌がってくれないと賭ける甲斐がないです！」

なつみは憤慨する。

「いや、なつみちゃん以外に頼まれたら僕も嫌だけど……そもそも演歌を十曲も知らないような気がするし……」

「罰だからいいんです！　知らないなら同じ曲を何度も歌ってもらいますから。あと動画も撮ります！」

「あ、それはちょっと嫌かも……だったら、僕は……」

湊は、うーんと唸ったあげく、なつみにこっそり耳打ちをした。

もともと二人きりなのだが、そこはまあ気分だ。

「うっ、それは……」

予想以上に厳しい罰に、なつみも唾を飲み込んだ。

湊は煽るように眉を上げる。

「あれ、自信あるんじゃないの？」

「ありますけど！　ちょっとそれ、私の条件に比べてハードル高くないですか？」

「どうしても嫌ならやめておくよ。それとも僕の条件も同じにする？」

湊は相変わらず、本心の読めない笑顔で選択を迫ってくる。

「……やります」

そうしてまんまと乗せられたあげく、なつみは見事に負けてしまったのだった。

「……本当に、するんですか？」

その日は日頃のお礼を込めて、なつみが料理をすることになっていた。湊もそれを承知でこんな条件を出したのだろう。

「うん、なつみちゃんがしてくれるって言うから」

「私からするとは言ってません！」

あんまりな言われようにちょっと尖《とが》った声を出すと、情けなさそうに眉を寄せられた。

「あ、やっぱり嫌？」

（う……）

イケメンに切なそうな顔をされると、破壊力がすごい。

たとえそれがどんなしょうもない理由であろうとも、だ。

「どうしても嫌ならやめとくかって訊いても、『やる』って言ったのに」

「それはそうですけど……」

湊が出した条件、それは〝裸《はだか》エプロンで料理〟だった。噂《うわさ》には聞くし、フィクションでは何度か見たことがあるが、まさか自分がやる羽目になるとは。

「大丈夫。なつみちゃんならきっと似合うし、可愛いよ」

「そういう問題じゃないと思うんですけど」

湊にワンコよろしく尻尾でもついていたら、思いっきり振り回していそうなイイ笑顔で言われ、なつみは溜息をついた。

了承したのは自分だ。今更ごねても仕方がないのはわかっている。

あんまり粘ると、どうのこうのいって優しい湊は引いてしまうかもしれず、そういうのもなんか嫌だ。

しかし裸エプロンだ。

知らず目が三角になってくるのも仕方がないのではなかろうか。

「男の人ってこういうのが好きって本当なんですか？　受け狙いじゃなくて？」

「他の男性のことは知らないけど、僕は間違いなく好きだね」

「そんなこと胸を張って言わないでください！」

なつみがそれでも絶対に逃げようと思っていないのを見抜いているのか、今日の湊は意外と押しが強い。

「はあ……わかりました。エプロン、貸してください」

諦めて了承すると、嬉しそうに寝室に入っていった。

ほどなくして出てきた彼が手にした、ピンクのひらひらエプロンになつみはたじろぐ。

やるといっても湊がよくしているカフェエプロンとか、もっとシンプルなものを予想していたのだ。

「な、なんで、そんなの持ってるんですか？」

「ん？　こないだなつみちゃんが、お茶碗《ちゃわん》洗うの手伝ってくれたときに思いついて。あと、今日ごはん作ってくれるって言ってたから」

――もちろん、そのときは普通に着けてもらうだけのつもりだったけど。

しれっと言われて黙るしかない。

（なんでそんなに楽しそうなの……）

なつみはあきらめてそれを受け取った。

最初はブラジャーとパンツ、次はパンツだけはと身に着けて出ていったのだが、湊にダメ出しされた。

「なつみちゃん、往生際が悪いよ?」

「ううううう」

意外と意地が悪い。

なつみはもう悟りを開くつもりで全裸にそのひらひらエプロンを身に着け、キッチンに立った。

湊はダイニングテーブルに座ったまま、その様子を見物する。

視線が気になって仕方がない。

「あんまり、見ないでください……」

「え、それは無理でしょ」

湊は鼻歌でも歌いそうな調子で言う。

「こんな素敵な格好してる恋人を見ないとか、愛を疑うね」

「愛はなくていいですから……」

(うう、恥ずかしい)

気を利かせた湊が暖房を強めに点《つ》けてくれたので、寒くはない。寒くはないが、背中からお尻のあたりがスースーして頼りないことこの上ない。

(と、とりあえず料理を作ってしまえばいいんだよね)

なつみは、目の前のまな板に集中する。

今日はチキンソテーとサラダ、そしてお味噌汁にごはんというシンプルな献立だ。小洒落た物で湊と張り合っても仕方ないので自分のときはいつもそうしている。

湊もお世辞じゃなく嬉しそうに食べてくれるので、間違いではなさそうだ。

長ネギを刻み終えて包丁を置いたなつみは、後ろに立たれる気配にドキリとした。

「すごく、美味しそうだね」

湊が例の低音の美声で囁く。

「美味しそうって、まだ煮干しでダシをとっただけで何も……」

「わかってるくせに」

湊がなつみの肩を抱くようにして、さらりとお尻を撫でた。

「ひゃっ、だ、ダメです……」

「ん、ダメって何が？」

「あ、危ないし……」

「ああ、包丁を落とすと危ないね」

あっさり言って、湊は手を伸ばして近くにあった包丁をシンクに放り込んだ。ついでに沸騰しかけた鍋の火も止める。

「これでいい？」

「だ、ダメ……」

「何がダメ？」

「だって……こんなとこで」

「こんなとこで、こんな格好してるなつみちゃんに言われたくないなあ」

「だ、だってそれは……あっ……」

湊は、なおもいやらしい手つきでお尻を撫で回してくる。

同時にもう片方の手で抱いた肩をぐっと抱き寄せてふうっと、耳に息を吹きかけた。

「んっ……」

「あれ、触れてないのにここ、反応してる？」

肩の手が少しずれて胸元に伸び、きゅっと、胸の先を摘み上げる。

そこはもう硬くなってぴんと張り詰めていた。

「そ、それはちょっと冷えるから……」

「ふーん、暖房強くしようか？」

「それは別に……、や……触らないで」

「触るとどうなるんだろう。あ、また硬くなったね、これも寒いせい？」

湊は摘んだ乳首をくりくりと弄《いじ》り回した。

「やっ……ん」

「ふふ、ここはそうは言ってないよ」

湊は楽しそうに言いながら、先だけでなく胸全体をくにゃくにゃと揉んでくる。

そのうち、お尻をさまよっていた手がもう片方の胸に移動してきて、後ろから両手で揉まれた。

「あっ……あ……」

全体をふんわり揉まれ、エプロン越しに先端を指で弄られて、なつみは喘いだ。

だんだん体を支えられなくなって、シンクにもたれかかってしまったところに湊が、のしかかってくる。

後ろで何か気配がすると、左上にあるボタンで首に通す紐《ひも》と繋がっていた前当てが、ぺろんと下に垂れ下がった。

ボタンを外されたのだ。

当然、胸が露《あら》わになってしまい、なつみはとっさに手で前当てを引っ張り上げる。

「きゃっ……」

「どうして隠すの？　今更じゃない？」

「そうですけどっ！　恥ずかしいものは恥ずかしいですっ！」

「なつみちゃんの胸はきれいだよ？　白くてまあるくて……いつまでも見たいし触りたい」

「っつ……！　そういう問題じゃなくてぇ」

涙目になりながら訴えるが無情に手を取り払われ、直接、乳房に触れられて揉まれた。

「やっ、あ、あぁぁ」

「そんなに恥ずかしい？」

玩具《おもちゃ》の人形のようにぶんぶんと首を振る。

夜ならもっとすごいこともされていると言えばそうなのだが、キッチンでのこの格好は何やら別の種類の羞恥心を掻き立てられる。

湊が小さく笑った。

「ほんとに恥ずかしいみたいだね。首筋から真っ赤になってる」

「恥ずかしいです。恥ずかしいからっ……」

「ん、よくわかるよ、でもごめん……」

——すごく、興奮する。

なかなかにえげつないことを言われたのだが、咎める気にもならない。

ただただその欲望をはらんだ声にさらに煽られる。

「んっ……んっ……」

シンクによりかかる前傾姿勢のまま、思う存分、胸を揉まれ、うなじを吸い上げられて感じさせられた。

息も絶え絶えになった頃、するりと脚の間に手が伸ばされる。

「あぁぁっ‼」

「すごく濡れてる……びしょびしょ」

笑みを含んだ声でからかわれた。

そんなことは知っている。

さっきから、自分でもそこから断続的に何かが溢れるのを感じていたのだから。

くちゅり、と音が響いた。湊の指が、蜜壺の入り口を掻き回している。

「んっ……んっ……」

「なつみちゃん、ここのとこ、ゆっくり拡《ひろ》げられるの好きだよね」

湊は片手で胸を揉みながら、一本ずつ指を増やしていく。

閉じられているあたりを拡げて掻き回されるのは確かに好きだ。だけど、認めるのは恥ずかしい。それに。

「あと、ここ、かな」

「ひっ……」

湊が入口の上の方にある花芯をくりくりと弄り始めた。ぷしゅりとまた、蜜が溢れ出る。

「ああ、すごいとろとろ」

低い笑い声がして、ぐうっとまとめた指をさらに奥に突っ込まれた。

ぐちゅんと音がして荒く抜き差しをされる。

「感じてる？」

「うっ……あっ、あ……」

感じるか感じないかと言えば、もちろん感じている。だがそれだけではない。もっと奥の方がうずうずして仕方がなくなっている。

深く入れて、また引き抜いて、まとめた指が届きそうで届かないのがもどかしい。

なつみは腰を蠢《うごめ》かせながら訴えた。

「湊さんっ、もうっ……もうっ……」

「もう？　やめてほしい？」

「ちがくて、もうっ……」

なつみはシンクに手をかけたまま、ずるずると座り込みそうになった。

「もうっ、意地悪……」

「心外だなあ……」

湊は不思議そうに言った。

「意地悪なんかしないよ。なつみちゃんが言ってくれたら、してほしいことなんでもしてあげる」

(だから、それが意地悪だって!)

なつみは内心で罵《ののし》るが、それが通じないこともわかっている。

湊は言わせたいのだから。

なおも意味ありげに撫で上げられ、掻き回される刺激に、なつみは泣きそうになりながらも観念して口を開いた。

「もう、入れて……ください」

「入れるって何を?　指なら入れてるけど」

ほら、と湊が指を動かす。なつみは、唇を噛みしめながら言うしかなかった。

「指じゃなくて、湊さんのをっ……入れてくださいっ!」

「……わかった」

ジィッ、とジッパーを下ろす音が聞こえた。

衣擦《きぬず》れの音がして熱いものが宛がわれる。

期待に息を呑んだ瞬間、ぐうっとそれが入ってきた。

「あああぁっ！」

なつみは嬌声《きょうせい》を上げた。誘いの言葉をなかなか口にできなかったこともあり、さんざん濡れて弄られ熟れきったそこを一息に奥まで貫かれたのだ。

（何、これ……）

空っぽだったところが埋まっていく充実感。痛みはまったくなく、ただ鋭い快感があった。

湊が熱っぽい息をはいた。

「すごい……奥が吸い付いてくるみたい」

「そんなっ、あっ、あっ……」

なつみが少しだけ体勢を立て直そうとすると、湊が腰をしっかりと支えて持ち上げてくれた。

そしてガツガツと腰を使い始める。

「やっ、はげしっ、んんっ、あっ……」

いつになく強い抜き差しに身体がガクガク揺さぶられる。

そもそもこんなところで、こんなふうにするのは初めてだ。

いつもとは角度が違って、いつもとは違うところが感じる。

だけど、どっちにしても、どうしようもなく気持ちがいい。

相手の顔が見えないのは、いつもは不安だったが、湊がぴったりと背中に張り付いて腰を持ってくれるので安心感があった。

「なつみちゃん……」

湊がなつみの頤《おとがい》を持って横に傾けてきた。

逆らわず首を後ろにねじって、唇を合わせる。

夢中で舌と舌を絡め合っていると、湊の手が移動してまた胸を揉んできた。

「んんっ、ああ……」

少しだけ抽送が緩やかになり、じわりとした気持ち良さが身体に浸透する。

(こんなところで……こんな格好で)

頭の片隅で思うけれど、興奮しきっているとそれもただの刺激だ。

またゆっくりと、湊が腰を押し付けて回し始める。

「あっ……は……」

(どうしてこんなに……)

淫靡《いんび》な音をたてて、熱い茎に内壁を擦られるのが、腰が抜けてしまいそうに気持ちいい。

やがて片足を持ち上げられ、さらに深くまで挿入された。

「やっ……怖い……」

「大丈夫、落としたりしないから……」

不安定な姿勢に少し怯《おび》えるなつみに、湊は宥《なだ》めるように言って、ゆっくりと前を向かせる。

「んっ……」

「ぼくの背中につかまって、しがみ付いてよ」

不安定なままよりはと、湊につかまったなつみは、繋がったまま、抱き上げられてびっくりした。

「やっ……な、に……？」

「しーっ」

そのまま、少し移動させられて、キッチンの壁に押し付けられる。

「裸エプロンの記念に、もう少し頑張ろうと思って」

「もっ、十分ですっ、ああっ」

両脚を抱えて持ち上げられ、さらに深く湊を受け入れる体勢で突き上げられて、そのまま二人とも達するまで、虐《いじ》められた。

「んっ、んっ、もう、やぁ……ん」

突き上げられる衝撃で、ずりずりと壁を這《は》って、身体が持ち上がっていく。

湊が見上げてくる角度になって、彼の表情がよく見えた。

欲情か喜びか、キラキラしている瞳。

「ウソ。なつみちゃんの中、すごく感じてるときみたいにひくひくしてるよ。めちゃくちゃ気持ちいい」

（湊さん……こめかみに滲《にじ》んだ汗とか、うっすら開いた唇とかが、とんでもなく色っぽい）

そんなことをぼんやり思いながらも、ひっきりなしに腰を送られて喘ぐことしかできない。

「やっ、もっ……う、うんっ……」

「んっ、もうすぐ達《い》くよ」

ぎゅっと、持ち上げられた脚を強く握られ、膨れ上がったものをぐっぐっっと、奥まで押し込まれる。

「ああっ……」

薄い皮膜越しにもたっぷりと射精されて、なつみももう何度目かの頂点に達した。

意識がぼんやりとして、離されるとずるずると床に座り込むしかできない。

その後、作りかけの料理は湊が完成させてくれたが、料理の間も食べるときも、彼がすこぶる機嫌が良かったことはあまり思い出したくない。

それからも、平島だけでなくいろんな人に「きれいになった」と言われることが続いた。

あんまり言われると、自分でもちょっと意識してメイクや髪型に手を入れてみたりもする。

(悪いことではないもんね……)

湊と付き合うようになっても、ご近所づきあいだった頃と何も変わらないと思っていたが、徐々に褒められたり、色っぽいことを湊に囁かれたりするようになった気がする。

「おはよう。今日のスカート、可愛いね。なつみちゃんのすらっとした足が引き立ってるよ」

ことに見た目に気を遣うと、とてもめざとく気付いて褒めてくれるので、やりがいがあった。

そうして会社でも褒められ、さらに意識が高まり……の良い循環をしている。

先日、インテリアコーディネートを担当したお客様にも言われた。

「やっぱりきれいでセンスのいい人に頼んで良かった！」

仕事と見た目は関係ないのだが、そう言われるとやっぱり考えてしまう。

美容師が見た目に気を遣うのと同じで、見た目が大事な仕事なのだから、できる範囲できれいにするに越したことはない。

もちろん、今までだって最低限の身だしなみはしていたつもりだが、さらに熱が入った。

「朝からなつみちゃんの笑顔を見られると、一日元気が出るよ」

気障な台詞《せりふ》は苦手な方だったが、湊は大変その手のセリフが似合う上に、タイミングがうまい。彼なら「君の瞳に乾杯」とか言っても、鳥肌は立たない気がした。

彼の存在が心地いいことを認めざるをえない。

(やりくり料理の人なのにねえ……)

最初、呪文のように唱えてムードに乗せられないようにしていた魔法の言葉だが、そろそろ効かなくなってきた気がする。


「もう我慢できない！　噂の彼氏紹介しなさいよっ！　今度の週末とかどう?」

そんな毎日を過ごしていると、ある日、久美子が休み時間に突撃してきた。

イケメンの隣人と付き合うようになったことは報告して、デートの服装を相談したりはしたが、それっきりにしていたら、業を煮やしたらしい。

「うーん、ちょっと相手に聞いてみてから」

覚悟はしていたものの、いざ、詰め寄られると少し気恥ずかしく、でも逃げられるものでもないので湊と連絡を取る。二つ返事でＯＫが来た。

その日も湊が腕をふるってくれた。

良い肉が特売だったからと、ステーキだ。

冷凍食品だが、高級なホテル風のコーンスープに、クレソンサラダ、なつみが手伝った魚介のフリッターの前菜などを並べると、けっこうゴージャスな感じの食卓になる。

「は、初めまして」

家ごはんだから、あまり気張った格好をしないでと言っておいたが、久美子が着てきた黒のワンピースは、いいものだと一目でわかる。

もともと口を開かなければ美人なのでけっこう絵になる。

「初めまして」

湊はにっこり笑ったよそゆき顔で応対した。

皆で軽く談笑しながら食卓を囲んだ。

久美子は会社で起こった愉快なアクシデントとか、なつみの業務などを話題に載せる。

「で、朝比奈さんはどういうお仕事されてるんですか？　なつみったらちっとも教えてくれなくて」

「それは……」

なつみ自身も訊けていないのだから、当たり前だ。

「うーん……」

湊もそのへんに気を遣ってくれたのか、少し目を泳がせながら考え込んだ。

「一口には説明しづらいんだ。大ざっぱに言えば、飲食業のマネージメント、になるかな」

「すごい。コンサルティング会社みたいな感じですか？」

「うーん、ちょっと違うかな、相談というよりなんでも屋みたいな？　飲食業だけど直接店舗で働くわけじゃなくて、もうちょっと包括的というか……」

（へえ……）

なつみも初めて聞くことだったが、湊があちこちの美味しいお店に詳しく、興味を持つ様子や、始終、忙しそうにしている様子を見ると納得できる。

実際の店舗で調理とかする立場なら、逆に料理が趣味にはならない気がするし。

（え、でも……）

「それじゃかなり、上の部署の人なんですね！」

疑問に思った途端、久美子があっけらかんと言い放った。コンサルティングでもないのに飲食店のマネージメントをしているとなればそうだろう。

湊は曖昧に微笑んだ。

「まあ、そういうことになるのかな？」

「へえ。若いのにすごいですね。あ、このデザートすごく美味しい！」

あまり触れられたくない気配を感じたのか、久美子は話題を変えた。

突っ込みは鋭いが、不作法ではないのだ。

その緩急が快《こころよ》くてなつみも安心して付き合えている。

その後もワインを開けて、ちょっと気になるテレビ番組など見たり談笑したりして、初対面の会は終わった。

久美子がそろそろ失礼するというので、なつみだけが最寄り駅まで送ることにする。

家を後にして、少し歩いたところで、いきなり背中をバンバン叩きながらどやされた。

「もうもう、ほんとものすっごいイケメンじゃない。性格も良さそうだし！　高給取ってそうだし！　この子は何が不満なのっ！」

「いたた……やめて。でも不満？　不満は別にないよ、うまくやっている、とは思う」

なつみは、首を傾げた。

不満など久美子に洩《も》らしたことはないし、今日もいい感じで終わったと思うのだが。

久美子は口をへの字に曲げた。

「不満がないなら、どうしてもっとテンション上げないのよ。この贅沢《ぜいたく》者っ」

「テンションと言われても、いっつもこんな感じだし……」

なつみにとって、お付き合いは静かに始まって静かに終わるものだ。

別に楽しくないわけではない。

「信じられないっ。もっと自慢してもいいのにあんなイケメン！」

イケメンイケメンと連呼されても、湊の顔がいいのは自分の手柄ではないのだから自慢にはならないだろう。

「え、でも、切り干し大根とか作るんだよ、あの人」

「そんなの全然、ギャップ萌《も》えで通るじゃない、エプロンも似合ってたし。料理が得意な男性なんて最高！」

「そういうものかしら……」

もちろん、湊のことは好きだが、温度差がある気がする。

「そういうもんだって！　ああ羨ましい」

久美子はさらに身もだえしていたが、ちょっと鬼気迫る勢いで怖かった。


「そんなこと言われたんだ。面白い人だね」

そのあとで湊とお茶を飲みながら、久美子の剣幕《けんまく》を話すと、愉快そうに笑われた。

「気が若いと言いますか、ミーハー気質《かたぎ》といいますか、ともかくイケメンが好きで……恥ずかしいです」

「えーっと、別にそれはいいんだけど」

湊は照れくさそうに頬を掻いた。

「それって、僕がイケメン、ってことでいいの、かな」

「当たり前じゃないですか」

なつみはきょとんとした。

女性で「自分が美人だと理解していない美人はいない」と言われるが男性だってそうだろう。うぬぼれがすぎるのは嫌だが、謙遜《けんそん》がすぎてもまた嫌味《いやみ》である。

湊のレベルであれば、イケメンだなどとは周囲からもさんざん言われているはずで、自覚がないなどありえないと思う。

湊はさらに気まずそうに言った。

「いや、その、そう言ってもらえることはあるし、自分でも悪くはないかなとは思うけど、なつみちゃんには特に言われたことがなかったから」

「言ってませんでしたか？　まあ当然のことだから」

湊がイケメンだなんて、現在はもちろん、高校時代からわかりきったことで特に言及することでもない。

ごく平均的な日本人に向かって「髪が黒いですね」と言わないのと同じことだ。

「それは、その……ありがとう？」

「なんで疑問形なんですか？」

「なんだかなつみちゃん、わりとどうでもよさそうだから」

「そんなことないですよ。イケメンは見ていてやっぱり良いものだと思うし、湊さんは格好いいなと思います。営業とか人間関係とか、優れた容姿は立派な武器です」

「ありがとう」

湊は笑って言った。

「だけど、なつみちゃんは僕のこと、顔で好きになってはくれないよね」

「！」

思いもかけないことを言われてなつみは沈黙した。

それはまあそうだ。イケメンであるからといって特に好きになることはない。もともとなつみは面食いではない。

「湊さんのことは、好きですよ？」

一緒にいて楽しいし勉強になる。

きれいになったと言われるのだって、最初はとまどったけれど、よい変化だ。

湊は、少し複雑そうな顔で笑った。

「うん、僕も好きだよ」

湊は席を立って、なつみの方に回ってきて、座ったままのなつみをゆるく抱きしめた。

彼の付けている爽やかなコロンの香りが微《かす》かに漂う。

湊の腕の中は温かかった。

「好きだから……なつみちゃんもお友達くらい、イケメン好きならいいのにと思った」

――僕が本当にイケメンだと思ってくれるならだけど。

「……嫌いではないです」

彼の言葉の意図がわからなくて、なつみは困惑しつつそう答えるしかなかった。

第三章

季節はゆっくりと深まって、朝のベッドの中から、なかなか這い出せなくなっていた。

食欲の秋だというだけでなく、秋の果物が好きななつみには、いい季節である。

栗もサツマイモも梨も大好きだ。

普段は手に入りにくい、お菓子作りに最適な林檎《りんご》の品種が気軽に買えるのもよい。

休日、ついつい興が乗って、二十センチはある大きなアップルパイと、さらにいくつかのミニサイズのパイを焼き上げてしまったなつみは、出来映えには満足したものの、始末に困ってしまった。

冷蔵庫に入れて、朝晩少しずつ食べていけばどうにかなるかもしれないけれど、確実に太る。

それくらいならと、実家に、需要があるかどうかを聞くことにした
「なつみのアップルパイ？　要る要る！」

マイナーだが熱心な固定ファンを持つ小説家である母親が、電話口で弾んだ声を出す。

「お父さんも颯真《そうま》もだいたい家で食べるからあっという間になくなっちゃうわよ。颯真とか、いいかげん彼女を作って朝帰りとかすればいいのに、自宅暮らしだとそのへん暢気《のんき》になっちゃうのかしら」

「そうなんだ」

二つ違いの兄はクールな感じのする美形で、成績もよく昔から女性にもてた。それなりに交際したり別れたりはしているようだが、あんまり落ち着く感じがないらしい。

今にして思うと、なつみがイケメンに耐性があり、なおかつそんなに興味がないのも颯真のせいかもしれない。

よく考えれば、湊とは同級生にあたる。

(今度、湊さんのこと、聞いてみようかな……)

なつみは思った。久美子が去った後の彼の態度が気になったのだ。

(私は不満はないけど、湊さんは不満があるのかも？)

どうしようもなくすれ違ってしまったら取り返しがつかないが、打つ手があるようなことなら改善していこうかなと思う。

来る者はさほど拒まず、去る者は追わずのなつみにしては珍しい思考だったが、彼女には自覚がなかった。

「お父さんは最近どうなの？　仕事は退職したんでしょ」

「そうそう。お父さんも最近は料理してくれるのよ」

母はさらに弾んだ声を出した。

父は大手企業に勤めていたが、不景気で会社が早期退職を募ったとき、さっさと退職金をもらって辞めてしまっていた。

悠々自適の生活を始め、しばらく母と一緒に海外旅行になど行っていたが、今は郊外に土地を借りて農園などをやっているみたいだ。

母の仕事のせいか、元々、年のわりには、まめに家事を手伝う方だったが、年々その傾向は強まっているようだ。

「そうだ、言ったっけ？　『アドニスの災厄』が映画になることになったの」

母が往年の自分の代表作を挙げて言った。クライムノベルと見せかけて、最後にかなりトリッキーな落ちがつくミステリだ。話題作だったとはいえ、かなり古いもので、なつみは驚く。

最近、リバイバルブームで古いものが蘇《よみがえ》ったりするのは知っていたが。

「ほんとに？　おめでとう」

「そうそう新人のＹ……君が主演でね。監督が……」

ひとしきり興奮してしゃべった後、母は溜息をついて言った。

「いくつになっても遅すぎることはないなー、って最近、やっと思えるようになったわ。まだまだ頑張りたい」

「お母さん……」

なつみはしんみりしてしまった。

「なつみ、昔はごめんね、あの頃は……」

その先をあまり聞きたくなくて、なつみは話を逸らす。

「ともかく、じゃあクール便で送るから！　みんなと食べてね！　親孝行な娘ですってSNSで流してくれてもいいのよ！」

早口に言ってガシャンと受話器を置く。おかしいくらいに動揺してしまっていた。

両親にも兄にも不満はない。経済的にも余裕があって、なんの心配もなく大学にも行かせてもらった。愛情も注いでもらった方だと思う。

だけど……。母のあの言葉が自分に与えた呪縛は、小さくはないような気はするのだ。

『私はもう駄目ね……時機を逃してしまったから』

『なつみもやりたいことができたら考えなければ駄目よ……』

実家にクール便を送っても、アップルパイは、まだ小さいものがそれなりの数残っている。

なつみは小さな籠に入れて、お隣に持っていくことにした。

いつもご馳走になることが多いのだから、それくらいはしたい。

しかしチャイムを鳴らしても反応がなかった。

さっき、SNSで会話をしたので家に居ることはわかっている。

試しにドアノブを回してみると簡単に開いた。

(お取り込み中かな……、置くだけ置いて帰ろうかしら)

そしてあとで連絡を入れておけばいい。そのくらいのことは湊もしているのでいいだろう。

そう思ってそっと家に上がると、何やら会話が聞こえてきた。

「セキュリティは強化したんでしょう？　そろそろ家に戻ってきたらどうなんです？」

「うーん、でもこっちの方が居心地が良くてね」

(あ、お客さんかな)

よく見ると、湊の物にしては少し小ぶりな靴が置いてある。

慌てて帰ろうとしたなつみだったが、その声は否応《いやおう》なしに耳に飛び込んできた。

「家なんかどこでもかまいませんけど、潜伏するのもいいかげんにしてくださいよ。書類整理と現状維持だけがＣＥＯの仕事じゃないでしょう！」

「わかってるけど今はちゃんとやれないからこうしてるんだ。最低限の業務はこなしてる」

――ＣＥＯ？　誰が？

思わず足を止めたところでガチャリとドアが開いた。

イケメンだが鋭い顔付きの、ちょっと怖い雰囲気のスーツ姿の男性が出てきてなつみに気付き軽く会釈をする。

美しい所作だった。

「失礼」

（秘書か何かの、人？）

彼は、なつみが手に持つ籠をちらりと見て、すっと脇を通り過ぎていった。

彼のことをどう思えばいいかわからず、しばらくそこに立ち尽くしていると、中から落ち着いた声が聞こえた。

「そこにいるのなつみちゃんでしょ？　入ってよ」

湊の声だった。

ためらいながら入っていけば、ダイニングテーブルに書類を並べて頬杖《ほおづえ》をついた彼が、少し疲れたような顔で笑った。

「驚かせちゃった？　黙っているつもりはなかったんだけど……」

「私も聞かなかったので……社長さん、なんですか？」

「親の関係だけどね、R……って、カフェチェーンわかるよね？」

「わかります。私の会社の近くにできた……」

以前、湊が微妙な反応を見せた、全国規模で展開しているカフェチェーンだ。

少しおしゃれでメニューが豊富。席もゆったりしてＷｉ－Ｆｉなども完備されていること
から、若い男女の支持が多い。なつみも時々、利用している。

「朝比奈グループって知ってる？」

「それはもう……、まさか御曹司、とか？」

なつみの声が震えた。

日本でも有数のコングロマリットだ。R……もそのグループの中に入っている。

ＣＥＯという響きに衝撃を受けたのは確かだが、まだベンチャー企業とかそういう類の可能
性はあった。家内制手工業、ではないけれど、少人数のそれほど大きくはない会社。

けれどもR……も朝比奈グループも、そんなレベルではない。

湊は、小さく笑った。

「五人兄弟の末っ子だし、父も本家の長男ってわけじゃないから跡継ぎにはほど遠いよ。そん

な大層なもんじゃない。ただ一族ではあるから、こんな歳で分不相応なことをやらせてもらってるってことになるのかな。引いた？」

「引きはしませんけど、なんか……」

ちょっと違う世界の人のような気がする、という言葉は呑み込んだ。

湊はなつみのそんなところを分かっていて、だからこそ、言わなかったのだろうと察せられたので。

「僕は僕だよ、何も変わらない。やりくり料理が好きなのも本当だしね。大学時代に一人暮らしをしてて、はまったんだ」

「そんなことは疑ってないですけど……」

もうそれなりに気心がしれるぐらい、交流して一緒に料理を作って食べてきた。湊の知識もこだわりも、付け焼き刃のものではないのは、十分わかっている。

だけど……。

「でもこの家は、本当の家、じゃないんですよね？」

湊は頷いた。

「ちょっと前の彼女とか、あと付き合ったことないのに、知っている子が家に押しかけてきたりいろいろあってね。周囲の勧めもあって一時避難してたんだ。今はもうここがすごく気に入って、離れたくないけど」

湊の部屋には極端に物が少ないのに合点がいった。

湊は切なそうな目をして、横に立っているなつみの手を取った。

「それでもダメ？　僕が社長だと君の恋人にはなれない？」

「そんなことは、ないですけど……」

なつみはためらった。

正直、重い、と思ってしまったのは事実だ。

恋は楽しいけれど、なくても困るほどのものでもない。

お隣に住んでいて、似たような価値観の湊なら気楽だけれども、大会社の御曹司でＣＥＯの彼はちょっと手に余るような気がした。

けれど、だから別れる、というのも、さすがに違う気がする。

何より、なつみ自身が今の湊と離れがたかった。

「湊さんは、本気なんですか？」

「本気じゃなければ、こんなことは言わないよ」

「私、別に美人でも特に優れたところもないのに」

湊はなつみの手を固く握って言った。

「そのままのなつみちゃんが好きなんだ。側に、いてほしい」


その後、二人で、紅茶を淹れて持ってきたアップルパイを食べた。

味の感想を言い合って、ネットでダウンロードできるビデオなどを見た。

まるでさっきのことなどなかったみたいに。

こうして並んで笑い合っていれば今までとなんの変わりもない気がする。

(けれど、ここは湊さんの本当の家じゃない……)

以前に思ったように、見せてくれている顔も、湊の一部にすぎないのだ。

そんな気がして仕方なかった。

そのあと湊に誘われるまま、ベッドに入っても違和感は変わらない。

「あ、あ、あ、うんっ……」

いつもどおりの湊の丁寧な愛撫。

キスをして、体温を分け合って。快楽を共有する。

「あ、そこ、ダメ、くすぐったい……」

「なつみちゃん、意外と耳弱いよね」

湊がくすくす笑って、なおも執拗《しつよう》に耳をせめてくる。

耳殻をねっとりと舐《な》められ、孔《あな》にも舌を入れられて、おかしいくらいに身体が跳ねた。

「もうっ、やめてって言ってるのに！」

なつみは、えいっと、湊の腕を抜け出して、彼にのしかかる。

「なになに？」

「今度は湊さんの身体の弱いところを探します」

言いながら、耳たぶを喰《は》んでみる。

「んっ……」

湊もぴくりと肌を震わせた。なつみほどではないが、感じているらしい。

「ほら、湊さんだって」

手をたくましい胸筋に這わせながら、なおも耳を舐め上げる。

湊はしばらく、甘んじるようにそれを受けていたが、やがて、堪《たま》らないとばかりになつみを抱き込み、ベッドに沈めてきた。

「もう、悪戯禁止！」

「えええ～」

「ええ、じゃないから！」

そう言いながら、彼はなつみの状態を確かめ、一息に挿入してくる。

「んんっ……あ、ずるいっ」

ぐっと奥に押し込まれ、確かめるように小刻みに動かされると、白旗を揚げるしかない。

なつみは脚を湊の身体に絡め、積極的に行為に溺れた。

好きだ、と思う。

こうしているのも気持ちいい。

だのに、どうして、それだけじゃいられないんだろう。

「あっ、あっ、あっ、あん……」

身体を繋げるのは、熱を分け合うのはこんなにも簡単なのに、埋められない溝が、彼との間にできてしまった気がする。

違う。

溝は今、できたわけじゃなくて、最初からそこにあったのだ。

ずっと見ないふりをしていただけで。

◇◆◇

（無理しちゃって……）

湊は、上半身を起こして、疲れ果てて眠っているなつみを見下ろした。

元々体力には自信があるし、スタミナは落とさないようにジムで鍛えている。求められるまま遠慮なしに貪《むさぼ》ったから、かなりなつみにはきつかったはずだ。

けれど彼女は、何かを振り払うかのように湊に応え、自分からも求めてきた。

湊は涙の跡が残るなつみの眼尻を指でなぞった。

「くそっ……」

小さく呟いて、ぐしゃりと髪を掻き上げる。

そのまま憮然《ぶぜん》と考え込んだ後で、ベッドサイドボードからタバコの箱とライターを取り出し、火を点ける。

そのまま深く息を吸い込んだ。

なつみの前では見せない習慣だ。

もともとそれほど執着はしていないが、たまに、気分を落ち着かせるために吸うことはある。

彼女が嫌がるなら、きっぱりやめることもやぶさかではないのだけれど。

（そんなことは言わないんだろうな）

なつみはそういう人の価値観のようなものに、踏み込むのも踏み込まれるのも嫌うところがあった。

湊は煙を吸いながら考える。

彼女と自分の間に、薄い壁があることはずっと前から気付いていた。

それが二人の関係の問題であるというよりは、なつみ自身の問題であることも。

彼女は、本当の意味で人に頼ることをしない。

親密になり、心を許しているように見えても、どこか、完全に寄りかかることを恐れているところがある。

好きだと何度も言ったし、それなりには好いてくれてはいるのだろうけど、そんなのはなつみの心ひとつでいつでも解消されてしまう。

こうやって何度も肌を合わせ滅茶苦茶に抱き合っても、手に入ったという気がしなかった。

すべて友情とか親近感の延長、のような気がする。

(いっそ、子供でも作ってしまえば……無理か)

マナーとして避妊具は用意しているけれど、なつみの方でもピルを常用しているのも知っている。

本人は生理不順なためだとは言っていたけれど、他の意図もあるのは否定できない。

『君をめちゃくちゃに甘やかして、甘えさせて、僕の色に染めたい、かな……』

以前、言ったことは掛け値なしの本気だった。

（ハードル、高いよね……）

自分の立場というか地位が、彼女にはプラスどころかマイナスに働くだろうことは予測していた。だからこそ言い出せなかったのだけど、致命的にまずいとまでは思っていない。

いずれは言わなければならなかったことなので、自然にばれてほっとしているところもある。

問題はこれからだ。

（君は僕と向き合ってくれるだろうか……）

彼女は覚えていないのだろう。

湊はなつみの寝顔を見ながら、ぼんやりと昔のことを思い出す。

もちろん、好きなのは今のなつみだ。過去の思い出は彼女を好きになるきっかけにすぎない。

だけど、それを彼女と共有できないことを少しだけ残念には思っていた。

それは代表委員会の後だった。湊は紛糾した議論の議事録をまとめるために一人教室に残っていた。

だいたいまとめ終わったところで、ひとつ溜息をつく。ちょっとだけ疲れていた。

気晴らしに図書室で借りてきた本を拡げるけれど、いまいち集中できない。溜息をついて彼はそれも脇に投げた。

人の面倒を見るのは好きな方だ。それで誰かに笑ってもらえるだけで、報われる気がする。そういう家に育ったので、適材適所に人を配置して働いてもらう、みたいなのは将来のための訓練みたいに思っているところもあった。

つまるところ、生徒会長という職に誇りもあり、楽しんでやっていたけれど。

思うように進まなくて苛々《いらいら》するときもあった。

たとえば今日のような日だ。

体育祭を縦割りにして三学年連合同クラスでやろうと提案したのは湊のクラスだった。積極的に後押ししたわけではないけれど、新しいことは面白いと思っていた。

けれど、今までと違うことをやるというのは反発が付きものだ。

長い話し合いの結果、新しい案は消え、通例どおりとなった。

確かにやろうとしている勢力は準備不足の面があったが、決まったら決まったで湊も手伝おうといろいろプランは立てていたのだが。

自分が口出しすると会議の雰囲気などたやすく変わってしまう。

皆の自主性とは違うところでの変節は湊の望むところではなかった。

けれど、残念だ。

自分がもっと味方をすれば流れを変えられただろうとわかっているから尚更《なおさら》。

あまり変わり映えのしない体育祭をせいぜい盛り上げられるように、またいろいろ考えなければ。

つまらないな……そう思いつつ、湊はふと思いついて教卓に腰をかけてみた。

品行方正な生徒会長から少し外れてみたかったのかもしれない。

気がつけば陽は完全に傾いてオレンジ色の夕焼けが外に拡がっていた。

湊がぼんやり外を見ているとき、遠慮がちな声が聞こえた。

「すみません、忘れ物をしてしまって」

声をかけづらかったのかもしれない。扉を開けたまま、そこに立っていたのは、確か一年のクラス委員の一人だった。

春日井なつみ、と言ったと思う。湊の友人、といえるほど親しくはなく、ただの知人、というにはちょっと交流のある同級生の、春日井颯真の妹だ。

清楚《せいそ》で控えめだが、だけど、おとなしすぎるということもなく、様子を窺っていると、友人らしい相手に笑顔を見せたり、軽口を叩いていることもある。

本が好きみたいで手持ち無沙汰なときは、たいがい読書をしている。目を伏せると睫毛《まつげ》が長いのが印象的だった。要するに少し湊のタイプだったのだが、彼女は逆に彼にあまり興味を見せなかった。

女の子にはわりあい受けがいい自覚のあった湊は、そのこともあって、多少、彼女を意識していたが、自分に興味を見せない子に積極的に近付くほどの思いがあったわけではない。

けれどそのときは、彼女が来てくれたことがすごく嬉しかった。

なつみは少し、気まずそうに頭をぴょこんと下げて、自分がさっき座っていただろう席にいく。そのまま机の中をさぐると、大学ノートより少し小さめの冊子らしいものを取り出して、ほっとしたように笑った。

「忘れ物あった？」

「あ、はい。ありました。ありがとうございます」

湊が声をかけると、なつみはさっきよりは柔らかな表情で答えた。

そのまま、窓の外を見る。

「すごい西陽ですねえ。眩《まぶ》しくないですか？」

「そうかな……特に気にならなかったけど」

「ああ、そこの位置なら大丈夫なのかな。ちょっとした角度で違うんだ。それにしても学校って窓が多いですよね。そう思いません？」

「そうかな……そうかも」

今まで全然、意識していなかったことを言われて湊は面食らった。

なつみは少し首を傾げるようにして、椅子に座ったままの湊のところに近付いた。

「あ、上田敏《うえだびん》の訳詩集。いいですよねこれ。『山のあなたの　空遠く』、とか」

湊が放り出した学校図書館の本を見て言う。

「あ、ああ……」

授業で気になった詩があったから借りたのだが、それ以外はまだろくに中は確かめていない。

なつみはしばらく嬉しそうにその本のことを語っていたが、ふと湊の顔を覗き込んできて呟いた。

「眉間に皺《しわ》」

「え……？」

「難しい顔をしているから何か悩み事かなあって。もっと外を見て、伸びをしたらいいんですよ？　下ばかり向いてたら疲れると思うんで」

早口に言って、なつみはぱっと身を翻《ひるがえ》した。

「何もわからないのに、おせっかい言ってすみませんっ」

「あ、待って……」

実際、疲れていた湊は、かろやかに去っていった少女を呼び止めることはできなかった。

そこまではっきりした気持ちが固まっていなかったこともある。

ほんの些細なやりとりで、でもそれは、後から思えば思うほど、鮮やかになる思い出だった。

湊が弱っているところを人に見られるのが嫌いなせいもある、と思う。

けれど、そんな湊のもとに、なつみはさらりと入ってきて、そしてさらりと去っていった。

翌月も代表委員会は開かれたけれど、なつみはそのときのことなど、さっぱり忘れたようで、あいかわらず湊に、あまり興味を示さなかった。

高校の頃の湊は、まだ、プライドとかそういうのが邪魔をしていて、皆の見ているところで、そんななつみに個人的に声をかけるのはためらわれた。

けれど、その微かな悔いをその後、十年近く引きずることになるとは思いもよらなかった。

再会できたのは、本当に偶然だ。ただ奇跡のようだと思う。

会えたこともそうだが、再び目にした途端、あのときと同じく新鮮な感情が蘇ったことに。

自分がこんなにも一人の女性に執着できるのだと初めて知った。

なつみには湊は必ずしも必要ではないかもしれないが、湊にはかけがいのない気持ちを抱かせてくれる相手だった。

その距離を、いつかは埋められたりするのだろうか……。

◇◆◇

「ちょっといいですか」

ある日のことだ。

なつみは、ずっと隣を見張っていて、以前、湊のところに来ていた秘書らしい人物に声をかけるのにようやく成功した。

「湊さんのことで……少しお話があるんですけど、あの」

言いよどんでちらりと見ると、彼は無言で胸の内ポケットから、名刺入れを取り出して名刺を渡してきた。

そんなつもりのなかったなつみは大いに慌てる。

「あ、ありがとうございます。すみません。ちょっと待っててていただければ！」

自分も家に名刺を取りに行くべきかとうろたえると、相手は手を出して止めた。

「必要ありません。春日井なつみさん、ですね」

少し固めな事務的な口調で言う。なつみは名刺に目を落とす。

「ご存じでしたか……えっと、真壁《まかべ》さん?」

「ええ……あなたのことは、朝比奈と関わるようになられてから、少し調べさせていただきました。ご不快でしょうが」

真壁は静かに言う。なつみは曖昧に笑った。

「快か不快かで言えば、確かに気持ちよくはないですけど……まあよくあることかなって思います。それで……お話、いいですか」

真壁はしばらく注意深くなつみの笑顔を眺めていたが、やがて思いついたように言った。

「…場所を移しましょうか」

真壁に促されるまま、彼の車に乗って、少し離れた場所にある喫茶店に来た。

木でできた少しレトロな雰囲気のある、小洒落た建物の店だ。なつみは恐縮した。

「ちょっとお時間いただくだけでよかったのに……」

「朝比奈に見られると、面倒なことになりそうでしたので」

真壁は淡々と言う。

オーダーを取りに来たウエイターになつみが珈琲を頼むと、彼は紅茶とフルーツケーキを二つ頼んだ。

なつみは慌てて手を振る。

「えっ？　大丈夫です。すぐ済ませますので」

「私の方がすぐには済まないかもしれないので。ここのは美味しいですよ」

「はあ……」

クールで真面目そうに見えて、独特のノリの人だ。なつみは改めて目の前の人物を見た。

こちらもかなりの美形だ。細身でクールな雰囲気に銀縁《ぎんぶち》の眼鏡《めがね》がよく似合う。

真壁は真面目くさった顔で言った。

「それで、お話とは……」

「はい。あの、真壁さんは私と湊さん……朝比奈さんとのこと、どう思っているんでしょう」

なつみは迷ったが他に言いようがなく単刀直入に切り込んだ。

真壁は表情を変えずに問いかける。

「どう、とは？　お付き合いされているんですよね」

「は、はい……」

「朝比奈のプライベートには特に干渉する気はありませんが」

真壁は紅茶に口を付けながら、淡々と言う。

「で、でも湊さんは大企業一族の息子さんなんですよね？　お付き合いはそれなりの家柄の方とか、そうじゃなくても、頭のいい人とか条件があるんじゃ……」

なつみは聞いた。いっそそう言われればすっぱり諦められる。

「特にありませんね」

真壁はあっさり言った。

「朝比奈は実力主義の志向が強く、政略結婚等とは無縁な一族です。まあいい年して結婚を決めなかったり跡継ぎが産まれなかったりすると心配されたり、見合い話を持って来られたりはするようですが、親戚のおばさんが干渉してくるそれと特に変わりません」

クールな秘書から出る場違いな単語になつみは目が点になった。

「おばさん……」

真壁は頷く。

「実は私も朝比奈の遠い親戚にあたるので言うのですが、一族のだいたいの人間は、自由恋愛で結婚します」

「そうなんですか?」

意外なところから個人情報を教えられてとまどう。

真壁は頓着していないようだ。

「ええ、だからわかるのですが、再婚で子連れだとか、水商売をやっていたなどという前歴がある相手の場合、まあ親戚のおばさんが文句を付けてくるレベルで反対する方はいるかもしれませんが、本人の意志が固ければ乗り越えられると思います」

「だからなんで親戚のおばさんが基準なんですか？」

なつみは堪えきれずに突っ込んだ。

「春日井さんには、思い当たるふしはありませんか？」

「……ありますけど」

正月の挨拶などで、父方の祖父母の家に行ったときなどに、「まだ結婚しないの？」などという存在は、なつみにも覚えがある。

相手に離婚歴があったり、水商売経験があれば……というのもわからなくはない。

「ですから朝比奈の交際も結婚相手に関する干渉もその程度だということです。失礼ですが春日井さんは離婚とか水商売のアルバイトなどの経験がおありで？」

「それはないですけど……」

真壁はくいっと指で眼鏡を直した。

「あってもそれで差別するなど愚かなことですが、年配の頭の固い方がまったく文句を言わないとまでは断言できないので注意したまでです。言いましたように大した障害ではありませんが……それでしたら余計簡単ですね。朝比奈とあなたのお気持ち次第です」

「はあ……」

　複雑な気持ちで頷くと、真壁は鋭い目でなつみの方を見た。

「反対された方が良かった、とでも言うような顔つきですね」

「それは……」

　なつみは息を呑んだ。

「そんなことはないです……湊さんのことが好きですし、別れたくない……けれど、どうせ別れなければならないのなら、傷が浅い内に……というか早めに引導を渡してほしい、というか、そんな感じのはありますけど」

「それがよくわかりません」

　真壁は冷静に指摘した。

「さっき言ったように、彼の側には特に障害はありません。まあ資産家で名家の子息であるのは確かですから、価値観の相違など細かな摩擦はあるかもしれませんが、見る限り、お二人はうまくやっているようだ」

　真壁は一気に言ってから水を一口呑んだ。なつみの目を見据えて切り込んでくる
「それなのに問題が起こる前から、あなたが『別れなければならない』と思うのは何故なんです？」

なつみは顔を歪《ゆが》めた。

「だって私……今の仕事が好きなんです。続けたいし犠牲にしたくないから……」

「それを朝比奈に話しましたか？　彼は反対しないでしょうに」

「反対されるとは思っていません！　でも続けていけばどうしても選ぶときはくるでしょう？」

「そういう事態が来てもいないのに、今から心配される意味がわかりませんが」

もっともな指摘に、なつみはうつむいてしまった。

「そうかもしれませんが……ダメなんです」

「不安があるから、別れてしまいたい？」

「そういうわけでは……」

自分でも何を言っているのかわからなくなる。

真壁も表情は崩さないが、困惑しているようだった。

そのとき、頼んだケーキと飲み物が運ばれてきた。

二人ともその場を取り繕うように口をつける。

真壁が頼んだフルーツケーキは洋酒のよく利いた焼き菓子で、口に含むとほろほろと零《こぼ》れるように崩れて、よい香りが広がった。

「あ、美味しい……」

なつみは、ほっとして呟く。

「そうでしょう？」

真壁も少しなごんだようだった。雰囲気が柔らかい。

なつみはふふっと笑う。

「真壁さんも……美味しいものが好きなんですか？」

思わず聞くと、彼は頷いた。

「そうですね。好きだからこちらの会社に入ったというか。こういう仕事をしていたらどうしても気になるというか」

彼は言葉を切って、しばらく黙り込んで、ゆっくりと口を開いた。

「人の恋路に口を挟む気はありませんでしたが、私個人の意見を言うなら、あなたがいてくれてよかったと思います」

「え……？」

彼を困らせている自覚があるだけに、意外なことを言われてなつみは顔を上げた。

真壁は相変わらず真面目な顔で、なつみに向かって頷いた。

「あなたに会う前……というか、こちらの家に引っ越してくる前ですね。朝比奈は煮詰まっていました。新規の飲食事業を任され、軌道に載せたのは良いけれど、景気がよくなると口を出す者も増えます」

「大変なプレッシャーなんでしょうね……」

なつみが同意を示すと、真壁はちょっと顔をしかめた。

「朝比奈はそういうのには慣れています。しかし上層部は彼を試す意図でもあったのか、引退間際の頭の固い古参の幹部を何人か彼の下につけた」

「そんなことが……」

なつみには思いもよらない雲の上の話ではあったが、湊のことである。真剣に耳を傾けた。

真壁は今度は珈琲を口にして言った。

「彼は基本、自分の弱みを見せるのを嫌うので、そんなことは顔に出しません。けれどだんだん仕事に覇気がなくなって苛々しているのがわかりました。そんなときに彼のファンの女性によるストーカー紛《まが》いの行為が起こりまして、私も転居に賛成したのです」

なつみは溜息を吐いた。

「そうだったんですか……」

真壁はうなずいた。

「ご存じのとおり、ああいう趣味の人ですから、電車で通勤して、小さな家で料理をしたりするのが気分転換にはなったようですね。けれど真の意味で快活さを取り戻したのは、春日井さん、あなたに会ってからです」

「私に?」

「ええ。高校のときにちょっといいなと思ってた子と再会した。ラッキーだと興奮されてましたので印象に残っています。」

「えええええ」

そんなことは初耳だ。なつみは恥ずかしくなってうつむいた。耳が熱い。

(ああ、でも確かに会ってすぐに連絡先交換したし、ごはんを食べに来てって誘われたし、でも!)

本当に生徒会長とクラス委員として言葉を交わした記憶しかない。

見るからにイケメンで頼られていた湊と違って、自分はクラスで取り決めたことを発表したり、会議の記録を付けているだけだった。

(あ、でも……)

なつみは思い出した。夕暮れの教室に忘れ物を取りに行ったときのこと。

湊だということも覚えていなかった相手の横顔が、何故かとても印象に残っていた。

(あのとき、何か特別な話をしたっけ? 覚えていないんだからそうでもないと思うんだけど、でも……）

でも、妙に気にかかることではある。

考え込み始めたなつみをなんと思ったのか、真壁はそのまま淡々と話を続けた。

「あなたと再会して、付き合うようになってから朝比奈は明らかに元気になりました。古株の重役と衝突しているのは相変わらずですが、笑って流せるようになったし、機転を利かせて、新しい試みを通したりなどもしている」

「そんな……」

思いがけない言葉にとまどうなつみを、真壁は初めて少しだけ優しい目で見た。

「だから私は、あなたが朝比奈と長く仲良くしていただければそれに越したことはないと思っています。心から」

真壁にまた送ってもらって家に帰ってから、なつみは椅子に座り込んで考えた。

いっぺんにいろんなことが押し寄せてきて混乱してしまう。

（湊さんと私が付き合っても、特に大きな障害はないって、嬉しいはずなのに、どこかで落胆している？　でもそれって誰に対しても失礼だよね……）

なつみは胸を押さえた。

何か息苦しい。

どうして自分は、湊とは「いずれ別れなければならなくなる」と思ってしまうのか。

いや、湊だけでなく、誰と付き合ったときも、そう思い続けてきたのかもしれない。

だって仕事が好きだから。仕事と恋人とどちらかを選ばなければならなかったら、きっと仕事を選ぶから。

ううん、仕事に就く前だって、自分らしく生きようと思ったらそうするしかないと思ってた。

別に目の前に大きな壁が来て、選択を迫られたわけでもないのに。

いや、そんな壁にぶち当たるまえに逃げてきたのか。

(だって、お母さんが……そう言ったから)

なつみは昨日、母と電話したことをふと思い出した。

『いくつになっても遅すぎることはないなーって最近、思えるようになったの」

そう言って笑い、なにやら謝罪をしてこようとしてきた母。

なつみは少し嫌な気分になって、その後の言葉はしっかり聞かずに電話を切ってしまった。

今更、という気が少しだけしたのだと思う。

物心がついたときから、母は作家だった。

家に編集者が来るようなことは滅多《めった》になかったが、絶対に声をかけないでくれと言い渡して部屋に閉じこもったりしていた。

今にして思えば、あの頃、母は行き詰まっていたのだと思う。

母の友人で同じ時期にデビューした女性は、エンターテインメント作家に与えられる有名な賞を取ったり、作品がドラマになったりしていた。

母はその人と仲が良く、家に呼んで話をしたり、一緒に旅行したりしていた。ドラマも欠かさず録画して、なつみも一緒に付き合って見せられたりした。

その交流は今でも続いているから、彼女への好意に嘘はないのだろう。ただ、高校になってなつみがいろいろ理解するようになると、ふと彼女と自分を比べるようなことを言い、愚痴めいたことも漏らした。

『私はもう駄目ね……時機を逃してしまったから』

『なつみもやりたいことができたら考えなければ駄目よ……』

聞けば母は、デビューして人気が上がり始めた頃に、交際していた父との間に兄を身ごもって結婚を決めたのだそうだ。そのときは、そのまま子育てをしながら執筆を続けられる気でいたのだという。

けれど、慣れない結婚生活と育児は母に思わぬ負担をかけた。

『お父さんは理解もあって協力的な方だったと思うの。他の家の人に比べたらよっぽど……でも家にいて女性である私が、家のことや子供の面倒をみる主体になるのは当然だった……周りの人だけじゃなくて、お母さんもそう思ってた……』

母は何度か頼まれていた原稿の締切を破って取引していた何社かとは疎遠になった。かろうじて付き合いの続いた出版社からも、無理をせずにゆったりペースで執筆するのを勧められた。

母はその忠告に従い、少し落ち着くようになった。

けれどその間、独身の友人は次々と精力的な作品を発表し、デビュー当時、肩を並べていた二人の距離は離れていった……。

それほど順序立てて話をされたわけではない。ただ切れ切れの母の告白を総合して、なつみが把握したのはそういう事情だった。

『お兄ちゃんは不可抗力だとして、だったら私は作らない方が良かったんじゃない？』

冗談めかしてそう尋ねたことがあるが、母は首を振った。

『小説の執筆を最優先するのをやめて家庭を選んだのに、その家庭まで中途半端にしたらどっちも得られないじゃない。女の子もすごく欲しかったのよ』

後悔なんかしてないわ。颯真もなつみも私のかけがえのない宝物よ、と言われて、そういうものかと思いつつ、母が何かを諦めてきたのを感じていた。

（でも、お母さんがそうだったからって私もそうなるとは限らないじゃない？　仕事と家庭を両立している人なんて沢山いるわ。昔みたいに女性が家事や育児を担って当然、って時代ではないんだし、湊さんもそう言ってたし）

なつみは額に手をあてて考え込んだ。

「ああ、でもR……のＣＥＯなんて、すごい人を支えながら自分も仕事もやるって無理なんじゃ……」

染みついてしまったマイナス志向はなかなか抜けそうにない。

他にも湊が自分と会ってやる気を出したとか、高校の頃から好感を持ってくれていたとか考えるべきことは山ほどあるのだけれど。

考えるのも嫌になって放り出しそうになった目の端で、スマートフォンが光って、SNSの着信を知らせてきた。

「はあ。遅くなっちゃったな……」

なつみは溜息をついた。食事はすませてきたし、明日は休みだからいいが、見たかったテレビ番組を見損ねてしまったのが残念だ。

「録画しとけば良かった……」

小さく呟くと、背後に人の気配がした。

「ホワイトタイガーの飼育日記の番組なら、僕のところで録《と》ってあるよ」

鍵を開けようとした手を上から包み込むように押さえられ、なつみはびっくりして振り向く。

「湊さんっ！」

シャツにスラックス姿の湊がそこに立って微笑んでいた。

「来てたんですか……」

暗に本宅のことを示唆して呟くと、湊は切なそうに笑った。

「僕の家はここだよ。時々向こうにも寄るのは否定しないけど……君こそ……二日続けて遅かったんだね」

「え、ええ。ちょっと……」

昨日は真壁を待ち伏せて話をして、今日は別の相手に呼び出されたので、全然、別件だったのだが。

湊は視線を落として苦笑した。

「ちょっと、か……仕事が遅くなるとかって聞いてなかったけど」

「そんなこと、前からやりとりしてなかったじゃないですか……」

なつみはとまどって、首を傾げる。

「うん、そうなんだけどね……」

湊は、少し自嘲気味に頬を掻いた。

「なんか、なつみちゃんに捨てられそうな気がして、弱気になっちゃって……」

「捨てませんよ！」

なつみは思わず叫んでしまった。悩んでいたのは事実だが、自分から湊を振るとかそんなことは考えていない。

「本当に？　僕がＣＥＯで嫌になったわけじゃなくて？」

きゅっと、重ねたままの手に力が入る。なつみは言葉を探した。

「CEOっていうか、私でもよく知っている全国的なお店のトップとか、私でも知っているグループの一族、とか、いろいろとびっくりして混乱したんです、けど」

「家がそうだったってだけのことだ。僕は僕だよ」

「ええ、そうなんだろうなあ、と……ある人と話して、やっと気持ちが落ち着いてきたところなんですが……」

なつみがようやく思い至って当時を知る人間に確かめたところによると、湊が朝比奈グループの血縁だというのは高校時代からよく知られた事実だったという。

なつみが呑気《のんき》な上に関心が薄くて知らなかっただけのことなのだ。湊がことさら隠し立てしていたわけではない。

高校での彼の知名度は、実家の名声も入っていたせいだとわかったが、なつみはただ、顔が良くて有能だからだとしか思っていなかった。

そういう意味では、なつみは純粋に、湊だけを見てきたのだ、とも言える。

いつもが余裕があって完璧なだけに、少し心配そうな顔で自分を見ている湊は可愛かった。

「夕食は？」

「食べてきました」

「そうか……そうだよね。こんな時間だし……」

肩を落とす湊に、なつみはふふっと笑った。

「もしかして湊さん、食べてないんですか？」

「え？　いや、その軽くは食べたけど……」

「だったら、私は給仕でもしますので、ホワイトタイガーの録画を観にお邪魔してもいいですか？」

「えっ？」

湊は少したじろいだようだった。なつみはすかさず押してみる。

「ダメですか？」

「い、いや、ダメってことはないよ。勿論、でも、その少し散らかってるからね、ちょっとだけ待ってくれたら連絡するから……」

いきなり尻込みを始めた湊に、なつみはピンと来た。

「いいです。散らかってても、私に片付けさせてください」

「い、いやでも、すぐだから……」

「今の時間、わざわざ片付けてもらうくらいなら、お邪魔しないですけど？」

少し意地悪く聞くと、湊は肩を落とした。

「それはいやだ……来てほしい」

「はい。お邪魔します」

湊に着いて上がると、予想通り、ダイニングには二人分の夕食ができていた。オープンオムライスに大根のサラダ。まだよそってはいないがスープもあるらしい。さすがに食べられないのが残念だ。

「うわあ。美味しそう。よければこれ、いただいてお弁当に詰めて持っていきたいんですが、良いですか？」

なつみが言うと、湊は喜んで、と嬉しそうに言った。

「湊さん、食べてください。私、お茶淹れます」

「お茶を淹れてくれるのは嬉しいけど……」

湊は照れたように言った。

「できれば、一緒にテーブルに着いてほしいな。スープはコンソメで、そんなに重くないと思うんだけど……良かったら」

なつみは少し考えて頷く。

「だったら、スープだけいただきますね」

湊の手伝いを何度かしているので、キッチンの中に何があるかはだいたい把握している。お湯を沸かしながら、急須と茶葉を用意し、同時にスープも温めて用意してあった皿に入れた。

自分はスープだけだが、一緒にいただきますと手を合わせる。

タマネギとベーコンが少量入ったスープはいい香りがして、身体の中から温まる感じがした。

「……美味しい」

「ありがとう」

なつみは微笑んで、優雅にオムライスを食べる湊に訊いた。

「もしかして昨日も待っていてくれたんですか？」

「え、ああ、違うよ！　昨日は普通に留守だと思ってたんだけど、今日は、昨日、会えなかった分、会いたいなあ、って……。気が付いたら……」

「作ってくれちゃったんですか」

「うん……そうなるね」

湊が肩を落とす。なつみもすまない気分になった。

「なんか、ごめんなさい……」

「なつみちゃんのせいじゃないよ！　そもそもなんの約束もしていなかったんだし。いいかげん食べてしまおうかと思っていたとこで……」

湊は慌てたように手を振った。

「ふふ」

なつみは笑った。

「そうだ。ホワイトタイガー！　どうして私が観たがってたってわかったんですか？」

思い出して話題を訊いてみる。なつみは動物はだいたい好きだが、特に大きめの猫科の猛獣を見るのが大好きだ。だが、湊に語った記憶はあまりない。

湊は当然のように言った。

「だってなつみちゃんとこ、虎のぬいぐるみあるでしょう？　あとこの間、お邪魔したとき、番組欄に丸付けた雑誌があったし、好きなのかなって」

「そんなのよく気が付きましたね。でも、それなら私も録画してるとは思わなかったんですか？」

湊は少し気まずそうに言った。

「思ったけど……忘れることもあるかもしれないし、何より君が好きなら僕も観てみようかなって」

「湊さん……」

湊はバリバリと頭を掻きむしった。

「ああ、もう！　ごめん。重いよね。こういうの。自分でもどうかと思うんだ。かっこ悪くて情けなくて……でも！」

湊はスプーンを置いて、机を回ってなつみのところにやってきた。なつみの手を掴《つか》んで言う。

「君が、好きなんだ。……どうしたら、僕のものになってくれる？」

「湊さん……」

なつみはくらりと眩暈《めまい》を感じた。

今まで、こんなに真《ま》っ直《す》ぐに自分のことを求めてくれる人はいなかったように思う。

湊の目は黒々として、黒曜石《こくようせき》のように輝いて美しい。いっそ、何もかも忘れて彼に自分を委ねてしまえば……。

（ダメ。でもそうしたらお母さんと同じになる）

母が父や自分達を愛してくれて、選んだことを後悔しないと言ったのは本当だと思う。

そして多分……自分も湊のことを真剣に思い始めている。

だけど、きっとそれだけではいけないのだ。

一時の情熱に流されるまま、恋しか見えなくなってしまって、後から自分の世界をすり減らしたと泣くのは怖い。

そんなことをしたら、自分が決めたことであっても湊のせいにしてしまいそうで。

（そうか……私、怖いんだ）

なつみはようやく得心がいった。

それは湊とダメになることとも、湊を選んで仕事を犠牲にしてしまうこととも微妙に違っていて。

湊を選んだことを後悔するのが怖い。

選びたい気持ちはあるけれど……ずっと大丈夫な確信が持てないのが原因だろう。

（それに、ＣＥＯだって知ったのも最近だし、私、湊さんのこと、本当はよく知らない……）

知っているのは料理が好きなこと。とても優しいことや穏やかな話し方。声。素肌の熱さ。

高校のときのことは知っていたと思っていて、よくわかっていなかった。

それに今のことも……。

湊は、なつみのことをよく見て、知ってくれていると言うのに。

黙っているなつみをどう思ったのか、湊の目が少し細くなった。

「どうやってこの場を逃げようかと考えてる？」

「え、いいえ、そんな……」

なつみが慌てて手を振ると、湊は有無を言わさずその手を掴んで立たせて、その腰に手を回し、ふわりと抱き上げた。

急に自分の身体が宙に浮いて、なつみは慌てる。

「湊、さん……」

「ごめんね。もう無理だ」

湊はしっかりとなつみの身体を抱きかかえて、その耳元で囁いた。

「もう、君が逃げたいと言っても、逃がしてあげられない」

真剣な瞳に射すくめられるように見つめられ、なつみは息を呑むしかなかった。


「湊さん、私、逃げません、逃げませんから、ちょっと落ち着いて……」

横抱きにして寝室に連れていかれ、ベッドの上に落とされた。ネクタイを緩めた湊が、そのままのし掛かってくる。

「ん……」

深く口づけられる。その唇がいつもより熱っぽい。

ボタンを飛ばすような勢いで、ブラウスを開かれた。そのままブラジャーを押し上げて、胸に吸い付かれる。

「あっ……」

きつく吸われて電流のような刺激が走った。

乱暴にされるのは好きではないのだけれど、いつも優しい湊に、すがりつくように求められると、嫌悪は感じない。

そのまま肌のあちこちに吸い付かれて、身体がたかぶっていくのを覚える。

湊の手がスカートの中に入ってきて、ストッキングに包まれた脚を愛撫した。

「ん……」

「好きだよ……逃げないで」

「逃げないから……ちょっと、待って……」

「待てない」

大きな手が、スカートをめくり上げて下着を露わにする。

指が、クロッチ部分をなぞった。

「濡れてる」

「やっ……」

「いや？　気持ちいいでしょう？」

湊は執拗にその部分を撫でさすりながら、なつみのうなじや、耳元にキスをした。

じわじわと蜜が溢れ出して、下着に染みを作るのが自分でもわかる。裸になったときよりいけない感じがした。

そのままぐいっと、下着ごと押し込まれるようにして、指を突き立てられる。

「いやっ……それ、やぁああ……」

強烈な快感が走るが、不快感や焦りもあってなつみは身をよじる。

「いやなの？　でも、ぐちゃぐちゃだよ、なつみのここ」

湊の声がうわずっているのがわかる。さらに指先で布越しに媚壁を弄られてなつみは追い詰められた。

「ちゃんと……脱がして……」

片手で顔を覆いながら言うと、湊の手がふっと止まった。

「了解」

湊の手がなつみの腰を浮かせるようにさせ、スカートのホックを外した。

するりとスカートを取り去り、ストッキングと下着をいっしょに脱がされるのを感じ、なつみは羞恥に震える。

それだけではない。湊はぐいっと太股を持ち上げて、そこに顔を伏せてきた。

「ちょっ、やっ……」

そういうことをするときは必ずシャワーを浴びて全身きれいにしてからだったので、なつみは嫌がった。

湊はまったく気にした様子もなく、そこに舌を這わせる。

谷間の中の敏感な紅《あか》い芯を躊躇なく舐められ、舌を這わされて、なつみは羞恥と快感に震えた。

「ああっ……」

「なつみちゃんの匂いがする……いつもより濃いね」

くぐもった声で言いながら湊はなおもそこを舐め上げる。

なつみの頬にかっと血が上った。

「いや……やめて、おねが……ひっ」

ぴちゃりと水音がした。

鋭い快感が断続的に走る。

いやだ、と思うのに、すごく気持ちよくて、なつみは緩慢にかぶりを振るしかない。

「んっ、やっ……汚いから……」

「君に汚いとこなんてないよ……」

湊は巧みに舌を使いながら、その奥の蜜壺にも指をしのばせる。

ひくひくとふるえながら蜜を吐き出す入り口にまとめた指を入れられて、また深い感覚が身体を襲った。

「あっ……、あ……やだ……もう……」

「すごい……どんどん溢れてくるよ。気持ちいい？」

じゅるじゅると音を立てて蜜を吸われる。舌が抉《えぐ》るように花芯の周りの溝を這う。目の裏が赤く染まって頭がバカになりそうだった。

「揺れてるよ、なつみちゃんのここ」

湊が嬉しそうに言った。はしたない、と思うのに止まらない。

洗っていないそこを舐められるのは嫌なのに、やめてほしくないほど気持ちよくて仕方がなかった。

「はっ、あっ、あっ、あ……」

「きれいだよ、もっと感じて……」

にゅるにゅると優しい湿った感触が、膨らんだ花芯を這う。湊の指が掻きまぜるように中を動き、感じる壁を叩いてくる。

（死に、そう……）

世の中にこんなに気持ちがいいことがあるなんて、到底信じられない。

「やっ、あああ……」

鋭すぎる快感に、身悶《みもだ》えする身体をしっかりと押さえ付けられ、食べられてしまいそうに、花芯を吸い上げられてなつみは弓なりに身体を反らして達した。水のように薄い蜜がどっと膣《ちつ》から溢れ出す。

「潮吹いちゃったんだ。そんなに悦《よ》かった？」

湊が嬉しそうに言って、膣に入れる指を三本に増やしてきた。

「ん、だめ……」

達《い》ったばかりの身体は刺激に敏感で、感じすぎて辛いのに許してもらえない。

まとめて奥に入れられ、出し入れされて、焦らされる。

もう自分がどんな格好をしてどうされているのか、はっきりと意識できない。

溶けて形を失ったのに、延々と嬲《なぶ》られているみたいだ。

「湊、さん、もう……」

「もう？　どうしてほしい？」

「もうっ……入れて」

なつみは泣きそうになりながら、湊の首筋に手を回して、耳元で囁いた。

「うん」

湊が嬉しそうに笑った。

先が宛がわれ、ゆっくりと中に入ってくる。

その温かさと充実感になつみは喘いだ。

（私、湊さんと繋がってるんだ……）

　何故か強くそれが意識された。

「うご、くよ……」

　少し苦しげに湊が囁く。最初、性急だったわりには、途中の愛戯は長かったが、だいぶせっぱ詰まっていたらしい。

「うん……」

　なつみは頷いて、しっかりと彼の背中に手を回した。

第四章

「二日も続けて、私と付き合って大丈夫なの？　ちゃんと用事は済ませた？」

「なんだか、迷惑そうな言い方だなあ……」

その翌日、会社近くの喫茶店で、なつみは昨日一緒に食事をした相手と向き合っていた。

整って華やかな顔立ちだがいかにも頭の切れそうなハンサムで、店内の女性が何人か彼を意識しているのがわかる。

なんのことはない。兄の颯真だ。

出張でこちらに来ているという彼に昨夜付き合ったのはいいのだが、今日も会社を上がってすぐに呼び出され、なつみは閉口していた。

「別に迷惑じゃないけど……」

「思ったより用件が早く終わったんだよ。だがチケット取った特急が出るまでに時間があってな。せっかくだからもう少しおまえの顔を堪能しようかと」

颯真は優雅にタバコの灰を灰皿に落とす。なつみは顔をしかめた。

「お兄ちゃん、まだタバコやめてないの？　今時、喫煙者とか少数派だよ……喫煙スペース探すのが大変でしょう。同僚さんにも嫌われるんじゃない？」

颯真は悪びれずににっこりと笑った。

「だからこそおまえに付き合ってもらってるんだろう？　可愛い妹よ」

なつみは嫌そうに顔を背けた。

「私だって、あんまり好きじゃないんだけど……」

「そこは妹なんだから、耐えてもらわなくては」

「横暴！」

悪態をついたところで颯真はどこ吹く風だ。なつみもわかっているからずけずけと物が言えるし、実際のところ彼のことは信用している。兄妹仲はすこぶる良かった。

颯真はタバコを吸いながら、手持ちのモバイルＰＣに目を通し始める。

「あれ、それ新しいのにした？」

「ああ。新バージョンの機能が気にいったからな」

新しいもの好きで、三カ国語を操れる颯真は貿易関係の商社に勤めていた。

今日は輸出業者の展示即売会みたいなものがあったらしい。カナダ産のチョコレートを土産《みやげ》にもらった。

「それはそうと、どうなんだ？」

「な、何？」

自分よりは数段色気のある流し目でちらりと見られ、なつみは動揺する。

「訊かなくてもわかってるだろう？　朝比奈とはどうなったんだ？」

「ど、どうって昨日の今日で何も……」

なつみは挙動不審になるのを必死で抑えながら、兄から視線を逸らした。何を隠そう、湊の実家の事情や高校時代にそれがわりと知られていたことを教えてくれたのはこの兄だったのだ。

出張で来たからといきなり呼び出されたとき、思いついて聞いてみたところ、兄は意外と彼のことに詳しかった。

なんでも湊とは受験のための選択授業で一緒のクラスになることが多く、友人というほど親しくないが、そこそこ話はする方だったそうだ。

「ごまかしても無駄だぞ、そらそこ」

颯真は自分の右手の手首あたりの袖を少しだけ捲《まく》ってみせた。

「なんか、薄桃色の跡が見えてたぞ、もうちょっと気をつけるんだな」

「え、えええ」

なつみは自分の右手首に目を落とし、兄の言うことが間違いではないことを知る。昨日、湊に押さえ付けられたあとだ。

ブラウスの袖でギリギリ隠れるところになるのだが、腕の上げ下げで見えてしまうらしい。首筋とかあからさまなところではないだけに、まんまと油断してしまった。

「ふふん」

颯真は頬杖をついて、面白そうに妹の顔を眺めた。

「いや、でもまさか、おまえが今更、朝比奈と再会して付き合っているとかな……まったく脈がないもんだと思ってたのに」

——それ以上に、奴《やつ》が朝比奈グループと関係あると知らなかったのが驚きだが。

「もう、それは昨日さんざんからかわれたじゃない。わたし、あの当時は興味なかったんだってば。脈がないとか言われても……」

「ばーか。誰がおまえのことだって言ったよ」

颯真がなつみの頭を小突いた。

「おまえ、ひょうひょうとしているわりに自己評価低いよな。脈がなかったって言ったのは朝比奈がおまえに、だよ」

「えええ、それはないないっ」

なつみは笑った。

「湊さんとはその頃は委員会とかでちょっと話をするだけだったし。彼だって私のこととか視界に入ってなかったはずよ」

颯真は顔をしかめた。

「だから、それが、自分を知らないんだっていうの。朝比奈、いつだったかおまえのこと気にして俺に訊いてきたぜ？　今だから言うけど他の同級生にも何人か、おまえを紹介しろって頼まれてた。朝比奈の押しがもっと積極的だったら、紹介してやってもよかったんだけどな」

――熱心さが足りなかったからあのときはスルーしたけど。

「またまた～冗談ばっかり」

兄の言葉を笑い飛ばそうとして、なつみは以前聞いた真壁の言葉を思い出して固まってしまった。

――高校のときにちょっといいなと思ってた子と再会した。

確かそんなふうに言われていたのだ。

（ま、まあでもほんと「ちょっといいな」って程度だし？　お兄ちゃんの話聞いても、そこまで積極的ではなかったってことだし？）

しかし、少しでも興味を持たれていたのが意外だった。

なんだか、恥ずかしくなってうつむいてしまう。

まるでお見合いで沈黙が流れてきたときのように、机の上に指で、のの字を書いたなつみは、不意に思い出して話題を変えた。

「あ、そういえば、お兄ちゃん聞いてる？　お母さんの小説が映画化されるって」

颯真は顔をしかめた。

「知らないわけないだろ。毎日のように聞かされてる。おふくろだけじゃなくて、親父《おやじ》もなんか浮かれてるぜ。だいぶ進んでて資料も見せてもらった」

「やっぱり本当なんだね、すごい……」

「まあ今、リバイバルブームというか、古い物が引っ張り出されることがよくあるしな……」

颯真は少し憂鬱そうだ。両親そろってテンションが高くなっているというから、それなりに実害があるのかもしれない。

「あ、でも○……とかと懇意になれるのはいいかもしれないな。パーティとかあったら連れてってもらおう」

颯真が名案を思いついたとばかり、主演の美人女優の名前を出す。

「もう。女優さんと仲良くとかありえないでしょ。そろそろ、決まった人を作ってほしいってお母さんが……」

なつみが笑ってたしなめようとしたときだ。

「なつみちゃん、待たせちゃった？」

不意に上から声をかけられて、なつみは驚いた。

湊がそこに立っていた。

何故ここに湊がいるのだ。当然、待ち合わせなどしていない。

昨日もこんな感じだったが、昨日とは違って家の近くではないのだ。

湊は今日は一分の隙もないスーツ姿だった。そういうものにさほど明るくないなつみでも、最高級の布地と仕立てだとわかる。

身体にぴたりとあったジャケットに、センスのよいネクタイ。ぴかぴかに磨かれた靴。

どちらかというと、避けて通りたい感じのエリート然とした姿だった。

口元は笑みの形にほころんでいるけれど目がまったく笑っていない。

ものすごい圧力を感じた。

「え、えっと、今日は湊さんと待ち合わせはしてなくて、私はこの人と話が……」

なつみは、とまどいつつも言った。

「なんの話？　終業時間すぎてるし仕事じゃないよね」

湊は硬い声で言いながら、なつみの腕を掴んで立たせようとしてくる。

強引だ。

最初からいたハンサムと、後から来た桁違いの美形の一触即発な雰囲気に、店内の大部分の人間がこちらを窺っているのがわかる。

「いえ、それは、その……」

なつみは焦って向かいに座っている颯真に助けを求める視線を送った。

兄は、口元を押さえてうつむいている。

——笑ってる。もう信じられない！

なつみは、むっとして、睨み付けた。

「もうっ、面白がってないで、なんとかして、お兄ちゃん！」

尖った声でいうと、兄は、こらえきれないように吹きだして肩を揺すった。

「いや、最初はなんか冗談かと思ったけど、マジかよ！」

くっくと肩を揺らしながら、颯真は湊に向かって自分の顔を指差した。

「朝比奈。もう少し落ち着いて見ろよ。そこまで顔は変わってないと思うんだけどな」

「お兄ちゃん……えっ？」

湊は目を見開くと、少し焦った様子で、なつみと颯真の顔を交互に見比べた。

「春日井……颯真？」

とまどうような声で自信なさそうに呟く。

「おう、久しぶりだな」

颯真は手を挙げて楽しそうに言った。

「浮気されてるかと焦ったか？　けど、妹を怖がらせるのは感心できないなあ」


その後、周囲の視線にいたたまれず他のレストランに移って、少し早めの食事を摂《と》ったが、颯真は笑いっぱなしだった。

「あの完璧生徒会長が！　ここまでなつみに血迷って牽制《けんせい》してくるとはね」

「言わないでくれ……悪かった」

湊は頭を抱えている。

「ははは。まあいいじゃないか。強面《こわもて》のスーツ姿ですごまれたときはびびったけど、高校のときよりはこなれてきたんじゃねーの」

颯真は気さくな調子で言う。

「こなれて……？」

湊がのろのろと、顔を上げる。颯真は頷いた。

「ああ、何にでもそつがなかっただろ、おまえ。他の奴らが血の気が余って言い争いになっても穏やかに諭す側でさ。たぶん、苛々することもあっただろうに、外に出さない。すごいなーとは思ったけど、友人にするには窮屈だと思ったんだよなあ」

颯真はずけずけと物を言う。

「お兄ちゃんったら。好き勝手言いすぎ」

なつみはハラハラする。

「なつみちゃん、いいんだ」

湊は笑った。手を膝の上で組んで、何かを思い出すようにしてぽつりぽつりと話す。

「君は……君こそ、何があっても器用な人だと思ってた。なんでも平均以上にできるくせに、あまり全力を出さなくて……、でもだからこそ反感を買うこともなくて、友達も多くて……」

湊はきっと顔を上げて言った。

「正直言うと、クラスで議論が紛糾してたときとか、手伝ってほしかったんだ。でも君はなんでも面倒事はうまくかわしてしまって……」

「あーそうだなあ……」

颯真はタバコに火を点けた。なつみが顔をしかめるが素知らぬふりで煙を吸い込み、一息吐き出す。颯真は頭を掻いた。

「まあ、俺もちょっと若かったっていうか。厨二病《ちゅうにびょう》？　ぽいとこはあったな。なんでも一生懸命やるのはダサいと思ってた。どうせ、全力を出してもおまえみたいなのには叶《かな》わないってわかってたしな」

「そんなことは……」

反論しかける湊を颯真は手で制して言う。

「まあ言うな。ただ、昔はそうだってことさ」

颯真は笑って、内ポケットから名刺を取り出した。

「ほら。今のお前なら、もう少し腹を割って話せるような気がする。もしかすると、義兄弟になるかもしれないし……な」

「え……？」

意味ありげな視線を向けられたなつみは、とまどい、少し考えてから赤くなった。

「な、な、何を言うのよ、いきなり！　私はそんなことっ！」

颯真は人の悪い顔で笑う。

「なーにを天然ぶってんだ。この歳になってお付き合いして、少しも考えないってことはないだろう」

「そ、それは、でも、私、湊さんの会社のこともこの間、知ったばかりで！」

「そうそう。こいつ、高校のときとか、おまえの家のことまったく知らなかったって言うんだぜ、バカだろー」

颯真は横にいるなつみの肩を抱き寄せて湊に話を振った。

「それは知ってるよ。再会したときからなんとなく感じてたし、このまえ話し合ったからね」

湊も少し笑ってから、表情を改めた。

「それから義兄弟のことだけど……僕自身はそうなったら良いと思ってる」

「へ？　な、何言ってるんですか、湊さんまで！　やめてください」

慌てて兄と湊を交互に見つめるなつみに構わず、湊は続ける。

「もっとも彼女の気持ちがまだ固まってないみたいだし、僕の一方通行だけど……真剣には考えてるから」

「ああ、おまえが誠実であろうことは信じてるよ」

颯真も笑って言った。ちらりとなつみを見る。

「こいつに腹くくらせるのも大変だと思うけどな。せいぜい頑張ってくれ」

「そうさせてもらう」

二人は立ち上がって握手を交わした。なつみはなんだかわかりあっている二人を見ながらひたすら困惑していた。

「あ、春日井さん。こないだ発注のあった三好《みよし》さん、キッチンをシステムキッチンにしたいって相談されたんだけどできる？」

同僚の男性社員から声をかけられて、なつみはうーんと唸った。

システムキッチンはいい。けれど、この件は、かなり予算が限られているのだ。

「えーっと、そうなると、ベランダの改修の方は難しくなりそうなんですが」

「だよねー。どっちを優先するか聞いてくるよ」

「すみません。お願いします」

なつみはふうと溜息をついて、伸びをした。

このところ、いろいろな人と話す機会が多くて疲れ気味だ。

仕事もやり甲斐があって楽しいけれど、予算と顧客の希望に大きくずれがあったりすると、いろいろと悩むことが多い。

（湊さんと……のんびり買い物して、一緒にお料理したいなあ）

ぼんやりと考えてから、顔をしかめる。

そもそも最近は、その湊のことで、振り回されて消耗しているのだから。

（湊さんはＣＥＯで、私よりずうっと忙しい人で、私とのんびりしてた姿とか、嘘とはいわないけど、一時的な休暇みたいなもので本来の在り方じゃないんだよね）

なつみは寂しく思った。

湊が真剣に将来のことを考えてくれていることは嬉しいし、なつみも応えなければと思う。けれど、なつみが最初に好きになった気さくで等身大の「お隣の彼」は今、いなくなってしまったも同然なのだ。

（高校からお兄ちゃんも知っていたことだし、私が幻みたいなものを見てたって、だけなのかもしれないけれど……）

そのギャップになかなかついていけない。

兄と話をしていたときに、いきなり現れた湊の姿を思い出す。

ひどい誤解によるものだったし、兄が爆笑したので薄れてしまったが、あのときに現れた湊は「ＣＥＯ」のオーラを出していた、と思う。

極上のスーツで、明らかに人とは違うオーラ。

周囲の人を自然に従えそうな上に立つ人間の雰囲気。

（あれが本当の湊さん？　でもやりくり料理をしていた彼も本当ではあるんだよね）

頭では理解しているのだがまだ混乱する。

（高校のとき、もっと彼と話をしておけばよかったな……）

ぼんやりと残念に思う。

キラキラした生徒会長の湊は、自分とは縁遠い人だと思っていた。

けれど、彼の素顔を知ってからは、高校のときのことも知りたいと思うようになった。

遠い昔に夕暮れの教室で見かけた横顔とか、颯真が「なんでもそつなくこなすけど、友達には窮屈」と言い放ったまだ少し未熟な彼。

（いっそお兄ちゃんの友達だったら自然に知り合いになれたのに）

苛立ち混じりに思ってしまうのは、この間、自分をそっちのけで、男同士で盛り上がっていたのを根に持っているからだ。

（名刺まで交換しちゃってさ……）

颯真が湊に名刺を渡した後、湊も颯真に渡していた。あのとき、「私もください！」と言えなかったことが、なつみの心残りになっている。

（別にいいんだけど！　でも結婚をほのめかすようなことまで言われたし、でも私に対してはなんにもないし！）

そう思いながらもやもやした気分が抜けないなつみだった。

「朝比奈さんって、やっぱりそうだったんだ。玉《たま》の輿《こし》じゃん」

会社が終わったあと、久美子にお茶を付き合ってもらって今までの顛末《てんまつ》を話した。

あまり驚かない久美子の口調になつみは目を丸くする。

「やっぱりって……わかってたの？」

久美子はうなずいた。

「確信があったわけじゃないけどね。朝比奈って言ったらそうかなーって」

「で、でも、どこにでもあるってわけではないけど、そこまで珍しい苗字《みようじ》じゃないでしょう！」

そんな発想はまるでなかったなつみは動揺する。

「だから確信があったわけじゃないって……でも、なんかあの人、見るからにただ者じゃない感じじゃなかった？　あんな安いマンションに住んでるのが、そぐわない感じだったけど」

「久美子でもそう思うんだ……」

まったく気付かなかった自分を恥じて、なつみはうつむく。

久美子の方も驚いたようだった。

「あんた、本当にまったく気付いてなかったの？　だって絨毯もカーテンも着ているものも、何から何まで高級品だったじゃない！　インテリアコーディネーターの名が泣くわよ！」

「うう、それはすぐに気がついたんだって！」

なつみは必死に抗弁した。気付いていなかったわけではない。高校時代の湊を思い出してもそんなはずはないと思えるし、いろいろと怪しいところはあった。

だけど、あのちょっと狭い部屋も彼にはよく似合っていたと思うのだ。

「それは、あんたがいるからでしょ」

つっかえつっかえ抗弁するなつみに、久美子は呆れたように一刀両断した。

「あんたは湊さんが庶民的なお隣さんだった方が気が楽だったし、湊さんはそういうあんたとおままごとしてるのが楽しかったんでしょ。それはそれで釣り合いが取れてたんじゃない？　ただいつまでも続かないものだとは思うけど」

「あ、そうか……」

その言葉はすとんと腑《ふ》に落ちた。

（私も、本当は無意識でわかってたのかもしれない……）

湊の経歴には不釣り合いなアパート。そんなところに居たのでは、知り合うことも難しそうな美女。

最高級品のカーテンに絨毯。

私室のほとんどを占領するベッドに、極端に物が少ない部屋。

考えてみれば怪しむ要素はいくらでもあった。

だけど本当のことには気付かないでいたかった。

だって、それがとても楽しかったから……ずっとそのままでいたかったから。

見ないふりをしたら……選ばずにいられるから。

「そうか……私、気付かずにいたかったんだ」

「ようやくわかったの」

久美子は呆れたように溜息をついた。

「で、どうするの？」

「どうって？」

「CEOで雲の上の人だってわかった朝比奈さんとどう付き合うつもり？　向こうはそれでも引く気はないんでしょ」

「それなんだよね……」

なつみは小さく笑った。

「とりあえずね、少し観察してみようかと思って」

翌週、急ぎの仕事を終わらせたなつみは、一日、有給休暇を取った。

どきどきしながら、朝から家で連絡が来るのを待つ。

十時過ぎて現れた真壁は、あいかわらずの表情を窺えない顔だった。

「本当にいらっしゃるんですか？」

「ええ……無理言ってすみません」

「それでお二人がうまくいくのでしたら……」

言葉少なく肯定する真壁に、なつみは緊張しきった顔で頷いた。

「私にとってはどうしても必要なことなんです」

真壁の車に乗って向かったのは、湊がＣＥＯを務める、「Ｒ……」の本社ビルだった。

「Ｒ……」が発展するに連れてできたグッズや訪問サービス等の子会社も一緒に入っているらしい。

「やっぱり大きいですねえ……それにきれい」

オフィス街の中でも一際高く、かつモダンなビルの佇《たたず》まいに、なつみは溜息をついてしまう。

「良い店作りは良い社員から。優秀な人材に集まってもらうためには、待遇を良くするのは当然のこと、『この会社に入りたい』と思わせるムード作りが重要だというのがＣＥＯの持論ですから」

真壁が案内しながら簡潔に説明してくれた。

彼は受付に話をして、なつみの分もゲスト用のＩＤカードを取ってくれる。

「まだ時間がありますから、少し社内を見学しますか？」

「はい」

なつみが真壁に頼んだのは、湊が働いている場所と、働いている様子が見たいということだった。

そうでないとどうしても彼を「お隣さん」だという目で見てしまう。

全国に五百店舗近いカフェチェーンのＣＥＯである湊も、彼の一面だ。

そこから目を逸らさずに彼を受け止めることができるか。

それはなつみにとっても大きな試練だった。

まずは地下のカフェに入る。「Ｒ……」と同じような洒落た作りであるが、実質、社員食堂になるらしく、メニューは他にも多かった。フードコート形式で、いくつかの窓口がある。好きな場所に行き、プリペイドカードを使って注文をするらしい。

「日本ソバとかどんぶり物もあるんですね」

「食事は米で、という人もいますから」

言いながら昼も近かったので、なつみはサンドイッチとジュースを注文した。真壁もハンバーガーと珈琲など頼んでいる。

「すごいなあ……これが全部、湊さんの部下、なんですね」

「そういうことになりますが、一つ一つの部署はやはり直属の上司が運営していますよ。朝比奈も結局、歯車の一つです」

真壁は淡々と説明した。なつみはあたりを見回す。

採光がよく、静かな音楽の流れているフロアだった。社員食堂と言ったら昼休みの時間に混んでいる印象だが、十二時前の今も人がそこそこ居るし、十二時にどっと混むということもないという。

「スーパーフレックス制ですからね」

「そうなんですか。すごい」

カフェを出たあとは、社内の託児所やレクリエーション施設を見学した。ガラス張りのきれいで現代的な場所で、子供たちの楽しそうな声が聞こえる。

「弊社は男性の育児休暇の取得率が全国トップなんですよ。あと女性も結婚や出産では、ほぼ辞めません」

「ああそれは、素敵ですね」

なつみは目を丸くした。

なつみの会社も、出産や育児休暇をとりやすい、いわゆるホワイト企業ではあるが、様々な事情やケースがある。さすがに離職率がほぼゼロに近いとまでは言えない。

「さあ、それではお望みのＣＥＯの講演です。こちらへ」

真壁に導かれるまま会議室らしいところに入ると、百名くらい入りそうなそこが、既に半分くらいの社員で席が埋まっていた。

半分より後ろあたりには大きなモニタが、いくつか設置され、前に立つ者の顔が見られるようになっているようだ。

前面には演題とやはりモニタが置かれ、資料などを映すようになっているようだ。

そっと後ろの席に着いて待つ。

今日は月例会議で湊のスピーチがあるという話だった。

——真壁さんは湊さんの近くにいなくていいんですか？

——秘書は私だけではありません。今日は私の当番ではありませんので。それぞれの方面に詳しい者が担当します。

小声で話を交わす。やがて扉が開いて、秘書を伴った湊が入ってきた。

目つきがいつもより鋭い。圧がある。壇上に立った湊はマイクを持って会場全体を見渡した後、おもむろに口を開いた。

「おはようございます。月例会議を始めよう。まずは先月の収支決算と売り上げ高から」

全モニタが切り替わり、円グラフと棒グラフ。いくつかの数字が映った。

「前々月より、いくらかは伸びているけどそれほど思わしくない。ことにここ半年でオープンした店舗の売り上げが軒並み、伸び悩んでいるようだ。これは……」

湊は伸び悩んでいるという店舗の写真を映し、立地条件や特徴、売り上げ高などを丁寧に説明していく。

「す、すごい……」

なつみはいつしか最初の目的も忘れ、湊のよく響く低音に聞き入っていた。

湊は注意喚起しながらも、良い点は褒めつつさらなる改善点を提案し、社員に意見を戦わせ、場を盛り上げていった。

（生徒会長のときみたい……いいえ、それ以上だわ）

明快な論旨に、魅力溢れる話し方。一つ一つの報告を丁寧に読んだ上で判断しているのだろう分析力に、希望を持てる打開案。

この人に付いていきたい、と思わせられる。

こんなＣＥＯが居れば皆、やる気が出るだろう。

「……基本的にどの店舗も、みんなが念入りな調査の末、これならいけるとオープンしたものだ。今、不調でもきっと道は開けると信じている。その他、順調な店舗もこれでいいと満足せずに、さらなる顧客開拓や新メニューの開発など、なんでも相談してほしい。僕からは以上」

湊が明るい言葉で締めくくると、後ろに下がった。

その後も役員らしき人から諸注意や発表などが続く。

皆、なるべくシンプルに用件だけ話して引き上げるのでテンポよく終わり解散となる。

なつみも真壁と一緒に外に出た。

そのまま会社を出て帰るつもりが、真壁が一人の女性社員に呼び止められる。

「真壁さん」

「須田《すだ》さん。何か？」

「社長が真壁さんのお連れの人にこれを渡してくれと」

女性は二つに折ったメモ用紙を差し出した。真壁の身振りに従い、なつみが直接手を出して受け取る。

メモには、「どういうことだか、今夜説明してもらうよ。覚悟しておいて」という走り書きがあった。

湊の字に間違いない。

「あんなとこから、見えてたのかしら……」

なつみは驚く。

「誰かが私が来客を連れていたと報告して、注意されていたのかもしれません。うかつでした。すみません」

真壁が頭を下げる。

「いえ、それは……絶対に知られてならないとまでは思ってなかったし」

ただ前もって知らせるのではなしに、こっそり湊の働いている様子を見たかっただけだ。

「後はお二人で、ゆっくり話し合うと良いと思いますよ」

「ええ、そうしようと思います」

なつみは頷いた。

「朝比奈はどうでした？」

「立派だったと、思います」

なつみは目を伏せて、先ほどの彼を思い返した。大人数を前にしても、ちっとも怯《ひる》むことなく、堂々と話して聴衆を引きつける湊。

圧倒的だし、すごいと思ったけれど、普段知る彼と別人だとは思わなかった。

やはり思い出してしまうのは、高校時代の湊だ。

全校生徒の前で宣誓をしたり、季節の挨拶を述べたり、元々、リーダー気質で、堂に入ったものだった。

(あの頃の湊さんが、そのまま成長したんだわ)

なつみはもう一度、社内を見渡す。清潔で華やかで働きやすいオフィス。

(彼は何も変わらない)

そう思っただけで、心が安らいでいく気がした。


夜、なつみがテレビを見ながらのんびりしていると、家のチャイムが鳴らされた。

「こんばんは」

スーツ姿の湊が少し思いつめた様子で、玄関に立っている。

「どうぞ上がってください。夕食はどうですか?」

湊がもうすませてきたというので、なつみは彼をダイニングテーブルに座らせた。ジャケットだけ脱いでもらい、小ぶりのおむすびを二つ彼の前に置いて向かい側に座る。

そして勢いよく頭を下げた。

「今日は勝手なことをしてすみません!」

そのまま頭を下げっぱなしにすると、湊は出鼻をくじかれたようだ。なつみに頭を上げるように言うと、困惑した声を出した。

「どうしてあんなこと……」

「CEOとしての湊さんが見たかったんです」

なつみはきっぱり言った。

「CEOとしての、僕……？」

「ええ」

なつみは頷いた。

「湊さんが朝比奈グループの家の人で、『R……』のCEOだと知っても、なんだか現実感がわかなくて。でも、お隣さんとして居てくれる湊さんだけを見ているのもなんだか違うと思ったんです。だから……」

湊は聞きながら、困ったような顔をした。なつみもなんとか自分の気持ちを伝えたいと支離滅裂ながら言葉を重ねる。

「湊さんは私のこと、いっぱい見てくれて、気を遣ってくれているのに、私は湊さんのこと、何も知らないって……だから知りたいと思ったんです」

「ん、ちょっと待ってね」

湊が、手を広げて、なつみの言葉を留めた。頭を掻いて、何やら言いよどんでいるようだ。言葉に迷っている姿は、お昼に見た頼もしいＣＥＯとは別の人のようだった。

やがて湊は取りなすように小さく笑って言った。

「そうやって僕のことを知りたいって言ってくれるのは嬉しいんだけど、でも。なんでそれを真壁に頼んだの？」

「え……？」

思いもかけないことを言われて、なつみは目を丸くした。

湊は目つきを鋭くして、さらに問いかける。

「聞けば、今日だけじゃなくて、以前も彼とお茶して話をしたって言うじゃないか」

「は、はい。それも……湊さんのことが知りたくて」

「どうして直接僕に聞いてくれなかったの？」

「それは……」

なつみ自身混乱していて、第三者の意見を聞いてみたかったのと、湊が絶対に口にしないだろう家庭のことを聞きたかった。結果として障害はないと言われたけれど、それを湊に言われていたら、なかなか信じられずに疑心暗鬼になっていたはずだ。

あのとき、真壁に相談したことを悪かったとは思わない。

けれど、それは……湊には許せないことだったのかもしれない。

どう答えればいいのか、とまどっているなつみの顔を見て、湊はみるみるうちに、眉をハの字に寄せた情けない表情になった。

「ごめん。僕、この間からかっこ悪いね。夕食を用意して君の帰りを待ち伏せするとか、ストーカーまがいなことをして、颯真……お兄さんと会っているのを誤解して割って入るとかして、あげくの果てに自分の部下にまで嫉妬して……バカみたいだ」

「嫉妬？」

なつみは首を傾げた。

「嫉妬？　湊さんが嫉妬するんですか」

「するよ！　当たり前だろ！」

湊は強い語調で言った。立ち上がってなつみの両肩に手を置く。

「いいかい？　何度も言ったけど、僕は君が好きなんだ。僕だけを見ていてほしいのに、他の男と二人きりになるとか、二人でお茶をするとか、彼を頼るとかされたら嬉しくないよ」

「あ……」

なつみは口を押さえた。ちっとも考えに入れていなかったからだ。湊は、口の端で笑った。

「けれど、君は僕が他の女性と一緒にいても、特になんとも思わないんだろう」

「そんなことは……」

言い返そうとして、なつみは黙った。自分でもよくわからなかったからだ。

たとえば今日、自分と真壁に声をかけてきた女性。あれは湊の私的な用事を言いつかる人なのだと思う。けれど特にどう、ということはなかった。

もっと遡《さかのぼ》るなら、湊と再会したときに見かけたすごい美女のことも、あれ以来、考えたことがない。なつみは仕事と自分らしさと湊への感情に折り合いをつけるので一杯一杯《いっぱいいっぱい》で、そんなことまで考える余裕がなかった。

けれどそれは……湊には寂しいことだったのかもしれない。

「思いもよらなかった、って顔だね」

湊は切なそうに笑って、なつみの頬を撫でた。

「君が、僕のことで一生懸命になってくれるのは嬉しい。なつみちゃんが僕のことをまだそんなに好きじゃなくたって、僕は君のことが好きだよ。ただ、今は僕ばかりが好きみたいだ、って思えて、少し辛いんだ。ごめん」

「湊さん……」

「ごめんね、少しかっこ悪い」

湊は弱々しく笑った。目の前の、おむすびの載った皿に目を向ける。

「これ、もらっていいかな」

「あ、はい、どうぞ。お味噌汁もあるので」

「ああ、もらえる？」

「はいっ」

いそいそと作っておいた豆腐とわかめのお味噌汁を温めて、お漬け物と一緒に出す。湊はゆっくりと、それに口を付けた。

いつも思うが、きれいな所作だ。幼い頃からの育ちの良さだろう。

「あったかいね……」

彼がしみじみと思う。

（好きだなあ）

なつみは思う。確かに自分の思いは湊のそれとはすれ違っているかもしれない。いろいろと的外れなのかもしれない。

けれど、この胸の奥から染みこんでくるような温かさは本当だ。

それだけは嘘じゃないと胸を張って言える。

昼間の堂々とした彼と、今、肩を落として自分の作ったものに口をつけている彼を見ると、その愛《いと》しさはますます高まった。

抱きしめたい、と静かに思った。

ＣＥＯだとかそうでないとかどうでもいい。ただ寄り添っていたいと思う。

「ごちそうさま。美味しかったよ。明日、また御礼を言いにくるから……」

「湊さん」

言葉少なに立ち上がり、帰ろうとする湊に、なつみは意を決して呼びかけた。

湊がのろのろと顔を向ける。

「あ、なつみちゃん、ごめんね、ちょっと最近、疲れてたから、今のは全然、本気とかじゃなくて……」

湊は、弱々しく微笑みかけ、顔をしかめて、頭を掻いた。

「いや、ごめん……ちょっと……今だけ、放っておいてくれたら……」

なつみはつかつかと湊に近付いた。ネクタイを引っ張って、彼を少し屈《かが》ませる。

「ちょっ……」

そうして自分は伸び上がるようにして、彼に口づけた。

湊の目が見開かれる。
一、二、三……あたまの中で数えるようにしてから、唇を離した。
そうして真っ直ぐに彼の目を見て言った。

「あなたが好きです」

「なつみちゃん……」

なつみは言葉を探しながら訴えた。

「確かに配慮が足りなかったし、あなたの気持ちには追いつけていないのかもしれません。だけど近付きたいと思ったんです。あなたのことを知って見て寄り添いたいと。そういうのじゃいけませんか？」

なつみはうつむいた。

「あなたが、気落ちしていると、寄り添って慰めたくなるし、笑っていてくれたら、私も笑いかけたいと思う。それじゃダメですか？」

自分がさんざん煮え切らない態度を取っていて、今も湊を傷つけてしまったのはわかる。けれど、自分は嘘をつかずに彼に接してきた。

「昼間に見た湊さんは、立派な大会社のＣＥＯで、私なんか手が届かないような天の上の人だった。でも今は私の目の前で、私の作ったお味噌汁を飲んでくれて、弱音を吐いてくれる。そういうのが嬉しくて、もっと見たいと思ったんです」

話していると涙が零《こぼ》れそうになるのを、なつみは必死にこらえた。

泣くのは卑怯《ひきょう》だと思う。湊の言葉に傷付いて泣きたいわけじゃない。

ただ、自分の気持ちが伝わらないのが寂しいのだ。

「なつみちゃん、もういいよ、ごめん……！」

湊は立ち上がってなつみを抱きしめた。広く温かい胸に包まれるとなつみの涙腺は決壊した。

ぐずぐずと泣きながら、自分の手をそっと湊の背中に回す。

彼のシャツに皺《しわ》を作る勢いでぎゅっと抱きしめる。

「私、好きとしか言えなくて、でも……それが大切で……」

「うん、うん、わかる。嬉しいよ……」

「だけど、本当に……」

「うん。もういい。黙って」

しゃくりあげながら、言葉を続けようとするなつみの唇を、湊は唇でそっと塞いだ。柔らかで優しい口づけ。

「しょっぱいね」

湊がそう言って、照れくさそうに笑った。なつみも笑う。

まだ、同じところには立てないかもしれないけれど、この人と一緒に、進んでいけたら……。

そう思えた瞬間だった。

そうして湊に誘われるまま、彼の部屋を訪れた。

「いっぱい泣いたね。お風呂に入らない？」

「それは……でも湊さんお先にどうぞ。私、隣で入ってまた来ますから」

「なんで？　一緒に入ろうよ」

「えっ、狭いですよ？」

湊の部屋もなつみの部屋もバスルームの作りは一緒のはずだ。

「いいからいいから……」

強引に手を引いてくる湊に、先ほどのこともあり、なつみは抗《あらが》うことができない。

「で、でも……」

「だって、いろいろな僕を知りたいんでしょ？　なつみちゃん、ベッドでは恥ずかしがって、あんまり見てくれないからさ」

ウインクしながらそう言われてしまい、なつみは腹をくくった。

キスをしながら、二人でじゃれあうようにして、服を脱がせ合う。

もっとも、なつみが湊のボタンを一つ外す間に、湊はなつみの服を一枚、剥《は》ぎ取ってしまうのだから話にならないのだが。

すべてを脱がされたなつみが恥ずかしさのあまり、バスルームに逃げ込むと、湊がすぐに残りのものを脱ぎ捨てて追ってきた。しゃがみこんで、風呂桶《ふろおけ》にお湯を溜め始めたなつみを後ろから抱きしめる。

「み、湊さん、腰のとこ……」

「ん？　感じる？」

湊は露骨に、足の間のものをなつみの臀部《でんぶ》に押しつけてきた。半ば勃ち上がっていたそれは、なつみの真っ白な双丘に擦りつけられると、みるみる硬くなる。

「なつみちゃんの泣き顔見てると、自然にこうなっちゃった」

「悪趣味、です……」

「それに、真壁と密会してた分のおしおきがまだだしね」

「それは！」

慌てて顔を上げて弁明しようとすると、くるりと体を反転させられ湊と向き合わされた。彼のたくましい肉体と、準備万端な性器が目に入って、真っ赤になって目を逸らすしかない。

「どうしたの？　もっとちゃんと見て？」

「意地悪、です……」

「おしおきだって言ったでしょ。もっと意地悪しないと」

湊は何かを企《たくら》むように笑って、なつみの手をとって自分のものに触らせた。なつみは抗うような素振りを見せるが、その手を振り払うことはしない。

おとなしく導かれるまま、両手でそれをそうっとくるみ込む。

「嫉妬してくれないなんてすねるのは、子供みたいだね。悪かった。だけど、僕が嫉妬するのは止められないから覚悟して」

「え……」

「悪いことをしたら、こんな目に遭うってことを教えてあげないと」

湊は両手を使って、なつみの胸を揉み始めた。彼に出会って、少し大きくなったようなそれが、ぐにぐにと形を変えていく。

「あっ、あっ……」

柔らかく揉まれ、先端を指でくじられて、なつみは喘いだ。湊はそんななつみの一挙手一投足も見逃さないとでもいうように、見つめたまま、胸の愛撫を続ける。

なつみは足をすり合わせた。

「あ、濡れてきた？」

湊が嬉しそうに言う。

「ここだけ弄って、イッてみる？」

「そんなの、無理……」

「それができるんだって。なつみちゃんは、特によく感じるから尚更。集中して」

「む、無理です、やめて……」

なつみが弱々しく抵抗するが、湊はなつみの胸をさいなむのをやめない。両方の乳房をぎゅっと寄せるようにして、近付けた乳頭を二つ合わせて口に含む。

「あああああっ」

なつみは背を仰《の》け反《ぞ》らせた。今日はいつもより感じる。ふたりでバスルームにいる新鮮な状況のせいか、それとも自覚した湊への思いのせいか……。

「やっ、あっ、あっ……」

感じすぎて、かぶりを振るなつみを、湊は逃がさないとでもいうように片手で腰を引き寄せた、もう片方の手で、カランとシャワーを切り替えた。

風呂桶の準備をほぼ終えたお湯の流れが、温かいシャワーとなって、ふたりに降り注いでくる。

「んっ、んっ……」

湊は、ぷくりと膨らんでしまったなつみの乳首を口から出し、痛みと悦楽のちょうど中間の地点で、摘んでひねり上げる。

「ああっ……」

さんざん準備を施された体は、もはやそれを快感としか捉えず、なつみはいやいやをする。

「うーん、さすがにもうちょっと訓練しないと、ここだけでは無理かなあ……」

「無理だって、言ってるのに！」

なおも名残惜しそうに、胸をふわふわともてあそぶ湊を、なつみは、やっとの思いで突き放して軽く睨んだ。そしてシャワーのお湯で適度に温まった床の上に膝をつく。

「なつみちゃん？」

「今度は私の番ですから！」

なつみは厳かに宣言して、相変わらず漲《みなぎ》って腹についている湊の陰茎を手にとった。さっき、やったように両手で捧《ささ》げ持つようにして、根元を刺激していく。

湊のそれは、平均より少し大きいと思う。どっしりして凶悪なそれの裏に走る血管を、指でなぞり、撫で上げていく。

「亀頭」と呼ばれるのもさもありなん、と思える先っぽのすぐ下に、くびれたように細くなっている箇所がある。そこになつみは、そうっと触れた。

「んっ……なつみちゃん」

湊が熱い息を漏らした。とても気持ちよさそうだ。なつみは気分をよくして、そのくびれた部分に手を置いたまま、先端に口づけてみる。

「あっ……」

湊が小さく声を上げたのに気を良くして、思い切ってぱくりと半分くらいを咥えた。ちろちろと舌を使い、先端を割り開くように刺激していくと、少し汁が溢れてきた。そのまま丁寧にくびれたところに舌を這わせ、根元の部分を指で擦り上げる。

「いいよ……続けられる？」

はあっ、っと湊が、ぎらぎらした欲望に光る目で、なつみを見下ろしている。なつみは嬉しくなってそのまま、舌と指を動かした。口の中でびくびく震えるそれが妙に可愛く思えて、愛しくてたまらない。

（感じてるんだ……）

とても口に入りきらないそれを、なるべく奥まで呑み込めるように頑張って、舌も使って、だんだん顎のあたりが痺れてきたころ。

「だめだっ……」

湊が艶《なま》めかしい声を上げて、そっと、なつみの顔を押しやった。全部呑んであげたいような気がしたが、湊の手の力も存外強く、渋々口を離すとほぼ同時に、湊が達する。

「んっ……」

湊の腰がぶるりと震え、勢いよく飛び出す白濁を、なつみは顔で受けてしまった。

「ご、ごめん、こんなつもりじゃ……」

湊が慌てたように、シャワーヘッドを掴んでなつみにお湯をかけてくれる。

「大丈夫です……」

なつみは、猫の子のように手で顔を拭いながら言った。実際、妙な達成感がある。

「ああ、もう……お風呂に入るよ」

たまらない、と呟いた湊に、引っ張り込まれるようにして湯船に入った。座った湊の膝にだっこされる形になる。

「どうしたの、急に……」

湯船に浸かってなつみを抱え込んでしまうと少し安心したのか、湊が聞いてきた。なつみは、素直に答える。

「どうせ、お風呂に入っちゃったなら、普段しないことをしたいなと思って。ほら、お風呂なら少し汚れても大丈夫だし」

「急に大胆になられても困るよ……勘弁して」

湊は、溜息をつきながら、なつみのうなじに口づけた。ゆっくりと手が動き、胸をふわふわと揉まれる。

「そこはさっき、さんざん、触ったじゃないですか……」

「いいじゃない、触るの好きなんだ」

湊の手は大きくてとても気持ちがいい。ぐにぐにと揉まれて、また先端を摩られると、淫らな気持ちはすぐに膨れ上がってくる。

「熱い……」

みじろぎをしたことで、湯がぱしゃりと水音をたてて外に溢れた。

温かい湯の中での行為は、すぐに体が熱くなって耐え難い。

「全身、桜色に染まってとってもきれいだよ。美味しそう」

湊がいやらしいことを言いながら、なつみの脚を割った。後ろから手を太股に挟み込ませるようにして、和毛の奥を探る。

くちゅっ、と閉じられた入り口を開く音がした。湊の指が中を開いていく。

「あっ……」

ふっくらとした恥丘の溝をなぞり、奥をさぐった指は、すぐに埋もれた花芽を探しだした。

それを指先で優しく転がされ始める。

「あっ、んっ……」

「ふふ。いい反応。外で胸を揉んでたときから、焦れったかった？」

湊は楽しそうに言いながら、なつみの中を暴いていく。

「んんっ」

湊に後ろから抱かれる後背位の体勢は、彼にすべてを支配されているような背徳感がある。湊の手で全身をたどられて、拘束されて、体の奥を彼を受け入れるように作り替えられていく。

「ふっ……もうっ……」

呟いたのは、三本の指で、何度も突き上げられ、掻き回された後だった。お湯ではない液体で濡れそぼり、すっかり熟れきった内壁は、もっと激しい刺激を必要としている。

「いくよ」

浮力を利用してやすやすと持ち上げられたなつみは、後ろから湊に貫かれていた。

「ああ……」

ぐっぐっと何度か突かれたあと、腰を抱かれ、立ち上がるよう促される。

「壁に手をついて……」

命じられてふらふらと従った。前傾姿勢で、壁に手をつくと、さらに深く抉られる。

そのまま、先刻より激しい抽送が繰り返された。

肌を打つ音が、狭いバスルームに響く。

「すごいよ、君の中、僕を搾り取ろうとするみたいに絡みついてる」

「やっ、あ、あああ、あ、んっ」

ぶしゅりと蜜がさらに溢れるのがわかった。ほとんど体を湯の外に出してしまったので、先ほどのようなやりきれない熱さはない。

それに少しほっとしながらも、膣はきゅうきゅうと湊のものを締め付けて、歓喜に震える。

「ああっ、あ、もっと……」

「もっと？」

突き上げに合わせて腰を揺らしながら、なつみは自分が何を口走っているのかほとんど意識していなかった。ただただ、快楽の虜《とりこ》となって与えられるものを享受する。

「んっ、んっ、んっ、ああ……」

腰砕けになってずり落ちそうになっても、湊の手はがっしりとなつみを支えてくれる。

そのまま二人とも獣のように互いを貪り、与え合った。


身体を洗って温まり直してからベッドに移って、いろいろなことを話した。

なつみはもっと湊のことを話してほしい、教えてほしいと訴え、湊は努力すると約束した。

「だけど、いっぺんには難しいから少しずつ、ね」

「はい」

「僕にも、もっと君のことを教えて？」

「私は特に隠していることはないと思うんですけど……」

「そう思ってるのはなつみちゃんだけだよ」

なつみの腰に回している湊の腕の力がちょっと強まった。

「君はきっと、いろいろなことを胸の底に隠しすぎて、自分でもよくわからなくなっているんだ。我慢しないで、今日みたいに思っていることを言ってほしい」

「………」

そう言われるとそんな気もしてくる。

「私も、努力します」

「ん、そうして」

額にちょっとキスされるのがくすぐったかった。


後日、真壁にも謝られた。

あのあと、湊に呼び出されて根掘り葉掘り聞かれたらしい。隠すこともできずに答えるしかなかったとか。

「謝らないでください。元々私が無理言ったんじゃないですか」

なつみは言った。もじもじしながら付け加える。

「それに別に悪いことにはならなかったです、し……」

「だと思いました。翌日、朝比奈が上機嫌でしたから」

淡々と言われて顔を赤くする。

「そ、そうでしたか……」

「ともかくもお二人の仲が安泰であるために尽力したので、お役に立てたら良かったです」

淡々と言われて脱力する。

「真壁さんって……」

「何か？」

「いえ、なんでもないです……」

ちょっと変わってるって言われませんか？　という言葉は呑み込んだなつみだった。

第五章

「うわー気持ちいいですね」

二日続けての休みに、湊に誘われて遠出をした。

湊が本宅から出してきた彼の車に初めて乗った。国産だがかなり高級そうで美しいセダンだ。

あまり車には詳しくないので、素直にきれいな車ですねーで、深く考えないことにする。

シートも広々として、乗り心地も最高だった。

「発車しても、ガクン、ってならないしスムーズですね」

素直な感想を述べると苦笑された。

「ガクンってなるのは、古いんだろうからそろそろ買い換えた方がいいかもね」

「兄が泣きます。きっと」

「颯真君？　彼なら単に運転が荒いのかも……」

「ありえますね」

い。

なつみと一緒に再会してから、兄と湊はＳＮＳでやり取りしたりして旧交を温めているらしい。

なつみは笑った。

なつみも颯真から「朝比奈の名前を出すと面白いくらい同じ学校の女が釣れるが、『妹と付き合ってる』って言うと、面白いくらい落胆されてどやされる」とか聞かされたが、兄はいろいろと脚色することがあるので信用はならない。

そもそも颯真自身、かなり女性の人気は高いのだ。

この間、『えっ、颯真君と朝比奈君が付き合ってるの？　萌える！』と言われたと憤慨していたので、普段の仕返しとばかりに、思い切り笑ってやったところだ。

「すごくいい景色だけど、どこにいくんですか？」

東京から出て、高速に乗りながら、山と田畑だらけになった周囲を見ながら聞く。

発進のときは、車の差かなと思ったが、だんだんと湊の運転もうまいのだとわかってきた。すごくスムーズでひやひやすることがない。

そろそろ肌寒くなったが、今日はわりあい暖かい。時々窓を開けて風を入れたりするのも気持ちよかった。

「言ってなかったっけ？　今度、オープンする新機軸の店の下見」

「R……のですか？　新機軸って、カフェじゃなくて？」

「うん、カフェというよりレストランかな……カフェテリア形式なのは変わらないけど、食事メニューが豊富で。夜はバーみたいにお酒も出すよ」

「へえ……」

「僕のCEOみたいな面も見たいって言われたから調子に乗っちゃったけど……ダメだった？」

「いいえ！　びっくりしたけど、嬉しいです」

心配そうに訊いてくる湊に、なつみは笑顔で言った。実際、突然のことなので驚いただけで、とても嬉しい。

「湊さん、カフェを始めたのは自分の案だったんですか？」

「うん」

湊も運転しながら楽しそうだ。

「前も言ったけど、特別な日にプロフェッショナルのご馳走を食べるのもいいけど、毎日の食事を豊かにしたくてね。R……のカフェメニュー、野菜多いでしょ」

「はい。それがありがたくてよく行ってます。スープとかも豊富で」

「ありがとう……あのときは、告白できなかったんだけど、なつみちゃんが利用してるっ言ってくれてすごく嬉しかったよ」

　湊は目を細めた。

「こう見えても、最初はグループ会社の下積みはやったんだけどね。カフェを思いついてからは、仕事の合間にそればかり考えてた。飲食業界は利益が薄くて大変だって聞いてたから、数少ない成功例をいっぱい調べた」

「なにかコツがあったんですか？」

「飲食店って人件費がネックなんだ。全然、お客さんが入らなくてもそれだけ時給はかかるからね。だからファーストフードの深夜のワンオペとかが問題になったり、居酒屋がブラックだとか問題になる。夫婦で細々とやってる店が意外と大丈夫だったりするのもそのせい」

「なるほどです。でも、それってわかったからって改善できなくないですか？」

「実はそうなんだ」

　湊は声を立てて笑った。

「人件費がネックだけど、それは絶対に削れない。だからむしろ、一旦、アルバイトに入って仕事を覚えてくれた人は大事にしようって厚遇した。他はまず地代の安い郊外に店舗を作るとか、流通とかでなるべく経費を削るようにしたかな」

「はあ……やっぱりすごい」

なつみは溜息をついた。

「そんな特別なことはしてないけどね。外観をおしゃれにして。接客を丁寧にして美味しいものを提供して……夢だったから熱心にやったら、だんだん評判が高くなって……。最近のネット社会も後押ししてくれたと思う。良いと思うとすぐ広めてくれる」

「苦労したんですね……」

「それでも企画を認めてもらえたら、資本金を出してもらえて人材を付けてもらえるんだから、他の人よりはずっと恵まれていると思うよ。でもそういう家に生まれたのも僕の強みだから。やっと、そう思えるようになった」

湊は誇らしげに言った。

（格好いい……）

なつみは、ドキリとした。会社をこっそり見学に行って以来、湊にときめくことが増えた気がする。こんなすごい人が……という気後れはありつつ、普段、家にいるときとのギャップがいいと思うのだ。

（こんな人の、隣に居られるのが嬉しい、かな）

熱くなる頬を押さえてそう思う。

そうこうしているうちに、車は高速を下り、木造のドライブインめいた、かなり大きな建物の駐車場に入り込んだ。

「休憩、ですか？」

「いや？　ここが目的地だよ」

「ここが、ですか？」

なつみは目を丸くした。湊は笑う。

「ドライブインみたいだろう？　当てにしてくる人のために。二十四時間制のコンビニとか、自動販売機なんかも併設してるけど、メインはここ」

二人して、店の体裁は整えているがまだオープン前の施設を見て回る。

「やあ、村田《むらた》君、順調そうだね」

「ＣＥＯ！　視察ですか？　お疲れさまです」

「仕事のようなそうでないようなだけど、近くまで来たから寄らせてもらったんだ」

何人かのスタッフが、忙しげに点検や相談などをしているが、湊がにこやかに挨拶すると、驚きつつも、嬉しそうに挨拶を返してくる。

中にはちらっと横に居るなつみを気にする者もいたが、それもおおむね好意的なものだ。

湊に人望があるからだろう。

車椅子の入りやすいスペースや小さい子のための設備も充実し、かつ洒落た雰囲気もあるエレガントな店だ。

メニュー表には食欲や好奇心をそそる献立がずらりと並び、湊と関係なくても、普通にオープン後に訪問したい、食べたいと思わせた。

「とても素敵なお店ですね」

語彙力がないのをもどかしく思いながら、興奮を伝える。

「ありがとう！」

湊は素直に受け取ってくれた。

「ドライブスルーもできるようにしたいんだけど、レイアウトに迷っててね。なつみちゃん、よければアドバイスくれない？」

「え……？」

湊は少し恥ずかしそうに笑った。

「ああ違う違う。さすがにこの店の設計とか変えるのは無理だけどさ。なんとか成功させて、次もこの近くに、理想の店を作りたいと思ってるから……」

湊は真面目な顔になってなつみを見つめた。

「恋人として言うだけじゃないよ。ちゃんとなつみちゃんの仕事も見た。サイトに掲載されてるって教えてくれたよね。それも。そっから調べて他のも。A……社とか、S店のやつとか」

湊は静かになつみが手がけた法人のフロア等の名前を上げた。どれもなつみが自信を持っている仕事だ。

「僕もこの仕事に賭けてるからね。いいかげんな選択はしないつもりだ。なつみちゃんのセンスがあればきっと良くなると思うから言ってる」

きっぱり言い切りつつも、やはり少し不安そうな顔になって湊は聞いた。

「それとも、そういうのは嫌？　実力じゃないと思う？」

「それは……社員の親戚の人などの縁故をたどって、次の仕事を紹介してもらったりすることもあります、けど……」

そういうのとは少し意味が違う気がする。逡巡したなつみは車中での湊の言葉を思い出した。

――そういう家に生まれたのも僕の強みだから。

あれを言ったとき、湊はここでなつみを説得することを意識していたのだろう。

ずるい、と思ってしまう。

けれどその言葉そのものにきっと嘘はない。嘘ならあんなにも心動かされない。

なつみは思い切って、湊の目を見つめた。

「嬉しいです。私で力になれるのならば、湊さんのお店を良くするお手伝いさせてください」

言い切ってから、慌てて付け加える。

「あ、あの湊さんの頼みなら無料でもやりたいんですけど、時間もかけなければいけないし、集中も必要だし、会社に仕事として依頼してもらえたら……」

「当然だよ、ありがとう！」

湊は嬉しそうになつみを抱きしめた。

「み、湊さん」

周りに人はいなかったが、誰が見ていてもおかしくない場所なので、なつみは動揺する。湊は笑っていたが、なつみがあわあわしているので、すぐに放してくれた。


その後は、二人で店の周囲を見て回った。ドライブインだと勘違いしたくらいなので、駐車場はとても広い。これを一杯にしてみせると湊は夢を語った。

「既存店舗みたいに、それなりに美味しくて手軽、ってだけじゃダメだよね。美味しくて、ここでないと食べられない、くらいの料理を出さないと……」

「何かアイディアがあるんですか？」

「うん……ちょっと、越えないといけない難関があるけどね。なんとかしてみせる」

湊は少し顔を曇らせたが、すぐに笑顔に戻った。

湊が言うように、コンビニや土産物などのドライブイン的な施設もある。裏手には大きなドッグランがあった。

「ここは？」

「うん。他のドライブインで見かけたんだ。旅行にペットとか連れてきている人いるだろ？　それ用に、いいなと思って。食事している間に犬の相手をするトレーナーも付けようと思う」

「いたれりつくせりですね……利用者、殺到しそう」

「だと良いんだけど……」

湊が珍しく言葉を濁した。

「正直言うと、このあたりは過疎化が進んでるんだ。元は観光地だったんだけど、ちょっと目玉になるようなものがないのと、交通が不便だったみたいで。気候も自然もとてもいいところなのにね。この店を中心に、再興したらいいな、なんて考えてる」

――もっとも、だからこそ地代が安くて理想通りに作れたんだけど。

冗談めかして言うが、湊の視野の広さには感心せずにいられない。

おまけに依頼の件もあって、頭がいっぱいだ。

（このあたり、冬は寒くなりそうだから、コタツ席とか作ってもいいかも？　あ、でも建物の外観に合わせて暖炉風の照明にするとか、ダルマストーブなんかもいいなあ……）

ぶつぶつと呟くなつみを湊は微笑ましそうに見ていたが、やがて、彼女の肩を抱いて、前方を指差した。

「なつみちゃん、あれ見て？」

なつみは湊の言葉に従い、びっくりして息を呑んだ。青く輝く湖が前方に広がっている。

水がとてもきれいで、冷たそうだった。

「貸しボートがあるんだ。乗ろうよ」

「え……」

湊に手を引っ張られて、とまどいながらも付いていく。

湖の岸辺に寄ると、確かに何艘《なんそう》かのボートと、暇そうな老人があくびをしながら、受付をしてくれた。

湊は軽々とボートに乗り込み、ジャケットを脱いでベスト姿になった。

シャツに腕まくりをして、なつみを呼ぶ。

「おいで」

差し伸べられた手を取って、なつみもおっかなびっくりでボートに乗った。

意外と安定はしているが、ちょっと怖いような二人乗りの手漕《てこ》ぎ式だ。

「行くよ」

けれど湊は力強く櫂《かい》をかいた、危なげなく岸辺から離れた。

ぐんぐんと滑るように進んで、湖の中央あたりを目指して進んでいく。

「わあ……」

なつみは先ほどまで上の空だったのも忘れ、ボートを漕ぐ湊のたくましい腕と湖岸の景色に見入った。

少し進んだだけで景色がずいぶんと変わる。岸の家々が小さく見えた。

遠くに見えた山が意外と近くに感じる。

紅葉《こうよう》がまさにたけなわで、赤や黄色に色付いた木々が、目に美しかった。

そよ風は吹いているが、波はほとんどない。湊が手を止めると、ボートはほとんど停止して、世界に二人きりになったような感覚に陥る。

よく晴れた日で、澄み切った青空がとても高くに見えた。

「静か、ですねえ……」

「だろう?」

湊が嬉しそうに微笑んだ。

「君と一緒にここに来たかったんだ」

「え……?」

「こういうの、好きだと思って」

「好きですけど……」

そんな話まで湊としただろうか。湊は自嘲するように笑った。

「君は覚えてないみたいだけど、昔さ、外を見て、伸びをしたらいいんですよ、って言ってくれたんだよ」

なつみはきょとんとした。

湊はなおも秘密めかして言う。

「高校のときにね、僕が一人で教室に残ってたら、忘れ物を取りに来た君が、そう言ってくれたんだ。なんだかすごく安心した。」

「高校のとき……」

なつみの脳裏にもずっと印象に残っていた場面があったのだ。

「もしかして、あのときですか？　湊さんが教卓に腰掛けていて……」

「そう、それだよ！　覚えてくれてるとは思わなかった」

湊は嬉しそうに破顔した。

「あのときは委員会が、ちょっとうまくいかなくてね。なんとなく悪いことをしてみたくなったんだ」

「悪いことって……教卓に座ることがですか？」

なつみは笑った。なんて些細な悪事だろう。

「笑わないでよ……ほんとにささやかな反抗の証《あかし》なんだから」

湊はそう言いながら、自分でも笑っている。けれど、だんだんと、笑顔を消して真顔になった。

「でもね……本当にあのとき僕は救われた気がしたんだ。好きになったのは今のなつみちゃんだけど、というか再会して好きになったんだけど、あのときのことはずっと忘れられなかった……」

「そうだったんですか……」

なつみはしんみりした。真壁や兄が言っていた意味がようやくわかった。

だけどさすがに「高校のときから、ちょっといいなと思っていてくれたんですか？」とは訊けない。恥ずかしすぎて。

だけど、どうして自分は、そんなことを忘れていたのだろう。

彼の横顔のことはとても印象に残っていたのに。

相手が湊であること、そのとき交わした会話。不自然なまでにすっぽ抜けている。

（ちょっと待って……）

なつみは額に手を当てた。不意にあのときのワンシーンが、脳裏にぽっかり浮かび上がってきたからだ。

「あのとき、湊さん、本読んでませんでした？　上田敏の訳詩集」

「そんなことまで覚えてたの？」

湊は目を見開いた。

「そうだね。あのときは何気なく借りただけなんだけど、君が良かったって勧めてくれたから僕もなんだか、真面目に読んじゃったな、懐かしいね……」

湊がしんみりした顔で言う
「僕はあれが特に好きだね。——時は春、日は朝《あした》、朝は七時……」

「すべて世はこともなし、ですか？　私も好きです。あとは山のあなたの……」

「カール・ブッセだね。あのときも君はそう言ってた」

「ふふっ、意外と、好みなんて変わらないものですね……っつ……」

思わず涙が流れそうになって、なつみは手で口を押さえた。

「どうしたの？　どこか痛む？」

湊が心配そうに言う。

「なんでも、ないです……ただ、懐かしくて……湊さんって、夕星《ゆうずつ》さん、だったんですね」

「ええっ？」

湊の顔が赤くなった。

「なんで？　図書館ネームでしょ。なんでそんなことまで知ってるの？　恥ずかしいなあ……。ちょっと女の子っぽくて」

「そんなことは……ないと思います」

言いながらなつみは、今になって判明した事実に感動していた。

図書館ネームとは、なつみ達の高校で図書館の本を貸し出すときのカードに使う名前だった。個人のものと、本のものがある。

元々個人のカードに借りる本の書名を書き、本のカードに借りる者の名前を書いて、貸借の履歴を管理するのだが、一つ問題があった。

本のカードには借りたものの名前がずらりと並ぶので、片端から本を調べていけば読書傾向が筒抜けになる。さらに言えば図書委員になるだけで、もっと多くの履歴が簡単に筒抜けだ。

個人情報が重要視されるようになったとき、そのことが問題提起されて、作られたのが図書館ネームだった。

入学時に、他の生徒と被らないようにだけ調査され、そこがクリアすると図書の貸し出しにはそれを使えばいい。

延滞したりなんだりすると、一人だけその権限を持つ司書の先生に本名を調べられ、督促状が送られたりするが、普通に規則を守って使っていれば誰にも詮索されずに済んだ。

湊が恥ずかしがるほど彼の名前は突飛ではないと思うが、「地獄の帝王ベルゼバブ」だとか、「まーくんの可愛い仔猫《こねこ》」だとか、黒歴史まっしぐらな名前を付けていた者がいるのもご愛敬《あいきょう》だ。

「ごめんなさい。私、湊さんと話した後、気になって、あの詩集を借りちゃったんです」

「そうなの？　え、え？　いや良いけど、そんな素振りは……」

湊は少し不思議そうだ。あれからなつみは湊と会話することもなかったし、再会しても覚えていなかったのだから当然だろう。

「ええ、あ、そうなんだと思っただけで、それから忘れてたんですが、急に記憶が蘇りました」

なつみはちょっとだけごまかした。

まだ心の中はぐるぐると動揺している。

なつみにとって、「夕星」という名前はそれだけ特別だった。

特別だからこそ……忘れていたのだ。

西陽の射す教室で初めて見た生徒会長の姿はなつみの心に深い印象を残した。何やらわかったようなことを言って、引かれなかったか心配ではあったけど、それまでは遠い存在だった彼のことを急激に意識するようになった。

図書館に行ったとき、返却されたばかりの本の棚に見覚えのある背表紙を見つけてつい手に取ってしまったのもそのためだ。カードを引き抜いて一番新しい履歴に目を走らせたとき、なつみは更に驚いた。

夕星。

それはなつみが図書館で借りて感銘を覚えた本に、必ずと言っていいほど残された名前だったからだ。

『アンネの日記』『フラニーとゾーイー』『博士の愛した数式』『夜のピクニック』……。

どの本のカードにもなつみより先にその名前があった。

(この人と趣味が似てるのかな……話してみたい)

なんとなく考えているときは、ちょっとロマンチックな響きの名前から、女性を思い描いていた。カードの端の色で学年は兄と同じだとわかるから、素敵な先輩かと憧れていたのだ。

それがこの間、気になった生徒会長だったとは。

今にして思えば、あのとき、なつみは恋に落ちかけていたのかもしれない。

（もう一度、朝比奈先輩と話したい！　お兄ちゃんに相談したら、アドバイスくれるかも）

意気込んで家に帰ってきたとき、スランプと焦りに満ちた、母の嘆きを聞いてしまったのだ。

『私はもう駄目ね……時機を逃してしまったから』

『なつみもやりたいことができたら考えなければ駄目よ……』

おとなになる頃にはもうだいぶ耐性がついていたし、この間の「遅すぎることはない」発言でだいぶ緩和されたが、母の作家業への未練から結婚生活を恨むような言葉を聞いたのはあれが初めてだった。

初めてだったからこそショックが大きくて。

同じだけ大きな思いであった初恋を、封じ込めてしまったのだと今はわかる。

最初はただの痩せ我慢だった。

同席することがあってもなるべく湊の方を見ない。その声を聞かない。

噂話にも耳を貸さない。言葉を交わしたときのことを思い出さない。

涙ぐましい努力は……なつみ自身、忘れたいと思っていたこともあって実を結んだ。

なつみは湊のことをほとんど忘れ夕陽《ゆうひ》の教室の記憶も別の人のことのようにおぼろな印象に

なった。

彼と、再び、顔を合わせるまで。

「やっぱりちょっと気分悪そうだね？　岸に戻ろうか」

過去を反芻《はんすう》してしみじみしているなつみをどう思ったのか、湊が声をかけてきた。

「気分は悪くないですけど、そろそろ帰ってもいいかもです」

なつみは笑って言う。

「この近くの旅館に泊まるんでしたっけ？　温泉もあるんですよね。早く行ってみたい」

「うん、そうなんだ。きっと気に入ると思うよ」

湊は顔をほころばせた。なつみはほっとする。

（いつか……全部話せるときが来るかもしれないけど）

今は自分の中でもぐるぐるしているのでちょっと無理そうだ。

なつみは胸に手をあて、生まれ直した初恋を大切にしたいと思った。

今日よりも明日、明日よりも明後日、湊のことを大事にできる気がした。

ボートを漕いで岸に戻ると、少し車を走らせて湊《みなと》が予約した旅館に着いた。

「いらっしゃいませ」

着物姿の上品な女将《おかみ》が、三つ指突いて迎えてくれる。

「きれいなところですね……高かったんじゃ？」

露天風呂のついた二間続きの和室に通され、なつみは歓声を上げる。

「値段なんか気にしないで……と言いたいところだけど、実際、たいしたことはないよ。例の過疎のせいでね」

湊は言いかけてから、なつみを軽く睨んだ。

「いくらなんでもここはワリカンとか言わないよね？　僕が勝手に誘ったんだし、仕事の話もしたんだから出張経費みたいなもんでしょ」

「ええ……」

なつみは不満そうな声を出すが、言うほど抵抗はなかった。

初恋を認めることで、何か憑《つ》きものが落ちたような気がする。

奢《おご》られるのが絶対に嫌だったのは、前の彼氏の行いのせいだけではなかったのだろう。

別れることを前提に、ひたすら借りを作るのは嫌だと片意地を張ってしまっていた気がする。

自覚と同時に、湊の姿を見るだけで動悸《どうき》が激しくなるのは勘弁してほしいものだが。

それにしても、だ。

なつみは新しい畳の香がかぐわしい部屋を改めて眺めた。

「そこまで高くないって言われましたね？　でもこんなにきれいに維持してたら赤字が出るんじゃ？」

調度だの床の間の生け花だので、ある程度見積もりができてしまうなつみは首を傾げる。

「そのとおりですよ。お若いのによくご存じで」

ふすまがすらりと開けられて声がかかった。

先ほどの美人女将だ。

なつみは恐縮する。

「す、すみません。失礼なことを……」

「いいえ。本当のことですので」

さらりと言って、女将は連れてきた仲居と一緒に夕食の用意らしい膳などを運び込んで整え始めた。

小さな鍋の下の固形燃料に、器具で火を点けながら、なつみに微笑みかける。

「朝比奈様にはいつもごひいきにいただいて……奥様になられる方ですか？」

「そのつもりはあるけれど、また口説いてる最中だから先走らないでくれる？」

「ちょっと！」

「おや、まあ……」

女将は着物の袖で口元を覆ってほほ、と笑った。

「それではお嫁様候補によいことを教えましょう」

悪戯っぽい顔付きで、なつみに目配せする。

「この宿がなんとかやっていけるのはこちらのお野菜のおかげです」

女将は美味しそうに揚がった天ぷらの皿を指差した。

ひと皿につき、大きな海老《えび》が二尾ついているが、だいたいがナスやタマネギ、舞茸《まいたけ》などの野菜類だ。

「大根おろしなどをつけるのもいいですが……まずは塩だけでお召し上がりくださるのがいいと思います」

「そうだね、いただこうか」

「はあ」

にこにこしながら促す湊に勧められるまま、手を合わせ、箸をとってナスの天ぷらを囓《かじ》ったなつみは、目を見張った。

「こ、これ……」

女将がにこりと笑った。

「美味しいでしょう？　主人が作ったものです」

「ご主人は昔ながらの有機農業栽培をされているんだ。丁寧に土を作ってね。美味しいよね」

「遠方からいくら高くても是非に、と言われるものですからそれで成り立っております」

「はあ……すごい」

なつみは感心して耳を傾けながらも、天ぷらを囓り、その他の料理にとりかかる。

お刺身も茶碗蒸しもすべて繊細な調理技術に支えられているのだろうが、やはりその野菜そのものの美味しさがすべてを凌駕していた。

不意になつみは思いついた。

「湊さん、これ……」

ナスの煮浸しに頬を緩めながら湊を振り向くと、湊も頷く。

「うん……あの店の目玉商品として、ここの野菜を使いたいんだけど、なかなか色よい返事がもらえなくてね……」

「数量に限りがございますし、ご希望者は多いので」

女将が頭を下げる。

「我が社から人を派遣して、畑を拡《ひろ》げてほしいとも言ってるんだけどね」

湊は少し困ったように笑った。

「そこまで大きなお話に乗るには、今少しお時間が必要でしょうね」

女将が涼しい顔で言った。

湊も引きずる気はないらしい。

「まあそういうこと。今日はともかくお客として堪能させてもらおう」

湊が言うと、女将はまた頭を下げて出ていった。

「越えなければいけない難関、ってこのことだったんですね」

なつみは呟いた。

「うん。大変だけどなんとかしてみせる。この野菜はいろいろなものの救世主になると思うんだ」

湊は硬い決意を宿した瞳で言った。そのままなつみに目を移し表情をなごませる。

「ちょっと先走っちゃったね。まずはいただこう」

そのまま二人で夕食を済ませ、用意してあった浴衣に着替えた。

湊が目を細める。

「なつみちゃん、浴衣、よく似合う」

「そうですか？」

「うん、濃紺の地で色白なのが引き立つね。アップにしてうなじが見えてるのもいい」

「ありがとうございます。温泉に入ると思ったから……」

なつみは照れた。入浴に備えて、髪をバレッタで上げたのだ。

そしてしみじみと湊を見つめる。

「湊さんも……意外」

「意外？　似合わないと思ってたってこと？」

なつみはちょっと申し訳なさそうに答えた。

「ごめんなさい……スタイルが良い人ってあんまり和装が似合わないっていうから」

なつみは、昔、聞きかじった知識を思い出していた。

和服は頭が大きくて等身が低い人が似合うというものだ。ほぼ湊とは正反対だろう。けれど浴衣姿の湊は、普段のストイックな感じとは違う、商家の若旦那みたいな、少し気安いあだっぽさがあって、これはこれでいい感じだ。

湊は声をたてて笑った。

「着付け方とか柄にもよるんじゃないかな。それより、スタイルがいいと思われてたんだ」

「もう……当たり前のことなんだから、いちいち突っ込まないでください」

座ったまま、じりじりとにじりよってくる湊を、やんわりと手で押して突き放し、距離を取ろうとしたなつみは、反対に肩を抱かれ、ぐいと引き寄せられた。

「きゃっ……」

思わず湊の胸にもたれかかる形になって、頬に血が上る。

「照れなくてもいいのに」

湊は笑みを含んだまま、艶を帯びた声音で、なつみの耳元に囁いた。

「露天風呂、一緒に入ろうか……」

「あ……」

湊の色気にあてられ、いよいよなつみが頬を上気させたときだ。廊下をぱたぱたと急ぐ足音が聞こえた。

「湊さん！　こっちに来るなら来るって、連絡してくれたらよかったのに！」

事前の声掛けもなく、嬉しそうな声がかけられ、いきなりふすまが開けられた。

黒髪をショートボブにした、スーツ姿の理知的な美女が、なつみを見て眉を寄せる。

「誰？　その人」

慌てて湊の腕から逃れようとするなつみを、湊は離さずさらに強く抱き、穏やかな声で美女の行動を咎《とが》めた。

「小百合《さゆり》さん、一応、今日は、客として寄らせてもらってるんだけど、いくらなんでもぶしつけだよ?」

「え、あ、ごめんなさい」

美女はほんのり赤くなって居住まいを正し、その場に正座した。

それでもすぐに出て行く気持ちはないらしい。

「本日は当館をご利用いただきありがとうございます。女将の娘の今西《いまにし》小百合と申します」

「え、あの……その、どうすれば」

にっこり笑って頭を下げられ、なつみは困ってしまって美女と湊の顔を交互に見た。

言われてよく見ると美女には確かに先ほどの女将の面影がある。

笑うとぱっと場が華やかになって輝かんばかりだ。

湊は溜息《ためいき》をついてなつみを離し、小百合に向き合った。

「丁寧なご挨拶をどうも。だけど、プライベートなんだ。遠慮してくれないか」

「ちょっと打ち合わせをするだけでもダメなの?　例の件なんだけど」

小百合は恨めしそうに湊に訴えながら、ちらちらとなつみを見る。

「あ、あの、ご用事みたいですし、ちょっとだけなら……私一人でお風呂に入ってますし」

助け船のつもりで話しかけると、小百合はぱっと顔を輝かせた。

「ありがとうございます。あなた、いい方ね!」

「ダメだ」

湊は厳しい顔で言った。

「君の押しが強いところは嫌いじゃないけど、さすがにデリカシーがなさすぎる。空気を読めないわけじゃないいんだろう。彼女が僕の恋人だ。君の話には付き合えない」

「そんな……」

拒絶されて情けない声を上げた小百合は、やがて気を取り直したように、なつみに矛先を向けてきた。

「あなたも同じ意見なの？　この話に湊さんの進退もこの地方の発展もかかっているのに」

「え……」

話を聞く素振りを見せるなつみを湊は手を真っ直ぐに上げて制した。

「そんなのは君の都合だろう。身勝手な青写真に付き合う理由はない。これ以上しつこくするなら、女将に苦情を言うことになるよ」

「…………」

美女は唇を噛《か》んで不満そうに口を尖《とが》らせた。

「もう。今日のところは出直してあげる。お邪魔したわ」

立ち上がってくるりと踵《きびす》を返す。

来たときよりは静かな足音が去っていったのを聞くと、どっと疲れが襲った。

「ごめんね、なつみちゃん、なんというか彼女、思い込みが激しくて」

湊は緩くなつみを抱きしめた。

「いえ……でも、あの、小百合さん、ですか？　話を聞かなくてもいいんですか？　お野菜のことと関係してるんじゃ？」

なつみは控えめに問うた。湊は顔をしかめる。

「君まで野菜と引き換えに、僕に身を売れって？」

「え……？」

「彼女は自分と結婚したら、父を説得して農園をR……と専属契約させてもいいって言うんだ。それが交換条件だなんて、正気の沙汰じゃないよ」

「そんな……」

湊は身体をそっと離して、なつみの目を覗き込んだ。

「まさか、バカなことを考えてないよね。だったら自分が身を引けばいいとかなんとか」

「それは……」

湊は真剣になつみに訴えた。

「仕事は確かに大事だよ。やりがいもあるし、夢もある。けれど自分の幸福を犠牲にしてまでとは思っていない。仕事のために愛していない伴侶を娶《めと》って一生暮らすとか、そんなのは地獄だろう？　たとえ君のことがなくても、僕は絶対に彼女は選ばない。いいね」

「は、はい……」

湊の気迫に押され、なつみはこくこくと頷いた。彼の言葉に、少しだけほっとしている自分が居る。

（私が身を引いて収まるのなら、と一瞬思っちゃったけど、そういうものじゃないよね）

なつみだっていくら仕事のためであっても、意に沿わない相手と結婚したいとまでは思わない。そんなのは時代錯誤だ。

湊の家にはそもそも政略結婚の概念はない、というではないか。

そのまま気を取り直して、二人で露天風呂に入ったが、なんだか疲れてしまって、そのまま上がって早々に寝てしまった。

「春日井さん。お客さんだよ」

しかし嵐はその翌週にやってきた。

インテリアコーディネートの依頼だと思って書類を抱えて指定の部屋を訪れたなつみは、相手の顔を見て凍り付く。

そこに居たのはこの間、顔を合わせたばかりの旅館の娘……今西小百合だった。

「あの……」

思わず部屋を出て行こうとしたなつみを、小百合は立ち上がって引き止めた。

「ごめんなさい。言いたいことはわかるけど、話を聞いてほしいの。お時間取らせた分の料金はお支払いするわ」

「困ります」

なつみは眉をひそめた。インテリアコーディネートの相談だということにしてなつみと話がしたいということだろうが、なつみにも仕事に対するプライドがある。

なつみは名刺を取り出し、その裏に最寄りの喫茶店の地図と携帯電話の番号を書いた。

「本当に私と話したいのでしたら、十八時にそちらにいらしてください。ここで仕事以外の話をするつもりはありません」

小百合は眉を上げた。

「一応、私はお客として来たのだけど？」

「お値段とご希望がどうにも懸け離れていて、対応できませんでしたと報告いたします」

「……わかったわ。言われたところで待ちます」

小百合は、しぶしぶながらなつみの言葉を受け入れた。なつみはほっと息をつく。

「ありがとうございました。またの機会においでください」

やや大きな声で小百合を送り出し、チーフに商談が不成立だったことを伝える。

何も知らない同僚は、あまりにも早い話し合いの収束に驚いていたが、なつみがいつもは熱心であることを知っているので、「何かきつそうなお客さんだったもんなー。お疲れさま」と、ねぎらってくれた。


十八時。なつみは退社して約束の喫茶店にむかった。

ガラス越しに小百合が、眼鏡をかけて熱心にノートパソコンを叩いているのを見る。

（旅館の人、ってわけじゃないのかな……）

真剣な横顔がとても美しく見えて、なつみはしばし小百合に見とれた。

最初にぐいぐい来るのに圧倒されたが、少なくとも湊に再会したときに見かけたゴージャス美女とは毛色が違うようだ。

「こんにちは」

なつみが声をかけると、小百合はこちらを向いて眼鏡をはずした。

「こんにちは。先ほどは失礼したわ」

クールに微笑みながら立ち上がって名刺を出す。

なつみも慌てて自分の名刺を出して交換した。

小百合の名刺にはシステム開発とあった。

「ド田舎でも、在宅でやっていける仕事が少なくて勉強したのよ」

小百合は肩をすくめる。

「旅館を継いで、婿養子でもとって地道に暮らす道はあったんだろうけど、それは嫌だった。だけど父母や生まれ育った旅館を捨てて自分だけで楽々と生きていたいとは思わない。だからこそ実力を付けて、いろいろ発言できるようになろうと必死だったわ」

小百合は真っ直ぐになつみを見つめる。

「けれど、仕事にはプライドを持ってる。だからさっきは悪かったと思う。あなたとコンタクトを取りたい一心で先走ったわ」

言いながらふふっと笑う。

「湊さんの陰に隠れて何もできないお嬢さんかと思ったら、そうでもなくて安心した。好きよ。あなたみたいな人」

「……ありがとうございます」

なつみはとまどいながら言った。

予想していた感じとはちょっと違うようだ。

「あの、どうして私の名前や職場をご存じだったんですか？」

「真壁を脅して情報を出させたの。わりとあっさり教えてくれたわ」

「真壁さんが……？」

いよいよなつみはどう判断していいかわからなくなった。

真壁はノリがずれているところがあるが、ずっとなつみと湊のことを応援してくれていたと思う。その真壁が情報を流すのは……小百合のことを危険視はしていないから？

（……腹を割って離せってことかしら？）

どのみちこの小百合の勢いではなつみの素性などすぐばれてしまうだろうから、妥当な判断かもしれない。なつみは気を取り直して小百合の顔を見た。

「それで、どういうお話でしょうか」


小百合と別れて、家に帰ったなつみは、ふらふらと椅子に座り込んだ。

頭がぐるぐるしている。少し吐き気がした。

（どうすればいいの？　私ができる最善の行動は何？）

スマートフォンが光って湊からの通知が示される。忙しくてしばらくは帰れないということだった。

『ごめんね。代わりに週末、埋め合わせするから。楽しみにしてて！』

その文字列さえ愛おしく、なつみは指でなぞる。

「大好き」

小さく呟くとなつみはスマートフォンを胸に抱いた。

母親の嘆きに捕らわれ、自分らしく生きることにこだわって、恋になかなか入れ込めなかった。今になってそのことのそもそもの起点に湊が居たことがわかる。

初めて本気で好きになった人だから、その想《おも》いの深さに恐れをなしたのだ。

その恋に溺れたら、自分が自分でなくなってしまいそうで。

だけど……今はそれを受け入れられる。

とても好きな人だから……幸せになってもらいたい。

そのためには彼が全身全霊を賭けた仕事を、なんとしても成功させなければ。

なつみを見直したとたん、小百合は冷静になり理知的な目で物事の分析を始めた。

彼女がただ湊に恋慕して、私の方が彼にふさわしいと言い立てるだけの女性だったら、なつみも譲る気はなかった。

ただ、彼女はあの新規店が置かれた土地の問題と、そこを復興させようとする自分と湊の悲願を語った。

その望みだけは彼と一致しているのだということも。

小百合はあの地方の種々のパンフレットを出した。一見、きれいだけれどもよくみると、二、三年前のものだとわかる。

『冬にはスキーもできるのよ。けれど飛行場とかの開発で近隣の観光地に人気が集まって、微妙に交通の便が悪いあそこはいつしか廃れてしまった。まだきれいな別荘とか残っているのに住人が少ないの』

溜息をつきつつ小百合は語った。

彼女の父母も湊の手で、土地に人が呼び戻され、復興することを期待している。

だが古い人間のため、やすやすと人を信じられないのだ。

そもそもあの土地が廃れたのも、地上げ屋や建築業者の甘言に乗って次々にインフラを調えたにもかかわらず、客が思ったより見込めないからと、中途半端で見放されたことに原因がある。

湊を信じて派遣してくれた人員を頼みに畑を拡げたところで、失敗したら放り出されるのではないか……。

そんなふうに思うのも当然のことだ。

湊は誠意を見せて話したら、いつかきっと信じてもらえると思うのだが。

『だけど、そんなことを言ってお父さんが決断するのを待っていたら、湊さんの店は決定的な商品がないまま、オープンしてしまう。お父さんの有機野菜を使った料理はあの計画の要《かなめ》なのよ。湊さんだってわかっているはず』

小百合の話を聞きながら、なつみはいつか真壁が語ったことも思い出していた。

湊の会社には頭の固い朝比奈グループの古参社員が何人かいて、湊が新しいことを進めようとするのに反対ばかりしていること。湊も一時、それに悩んで塞ぎこんでいたこと。

彼が力を入れて作ったあの新店舗が、失敗したらどうなってしまうのだろう。

グループでの立場をなくし、ＣＥＯの座から追い出されてしまうかもしれない。

小百合は手を合わせて頼んできた。

『お願い、なつみさん。彼の気持ちはわかったから、彼をちょうだい、とは言わない。ただお父さんを説得できるように貸してほしいの。結婚しても私は名前だけの妻でもいい。いいえ。結婚じゃなくて婚約でもいいの。ただお父さんを納得させられるようにできたら』

『でも……』

旅館の女将はなつみと湊がそういう仲であるのを見抜いていた。いきなり相手が変わったのを不審に思わないだろうか。いや信じたとしても、不誠実な男だと思うかも……。

なつみの懸念にも小百合は真剣に耳をかたむけてくれた。

しばらく考えた末に、母には本当のことを話して、助力を乞うという。

『どうしてそんなに……』

小百合にしたって愛されていないとわかりつつ結婚するか、もしくは婚約して破棄されるなど、いい話ではないはずだ。

不思議に思って問いかけると小百合は不敵に笑った。

『私は実家の旅館と故郷が再生することにすべてを賭けているの。それが叶うならどうだっていいわ』

けれど、湊はどうなのか……。

迷いながらも、なつみは、自分がある決心に傾きつつあるのを感じていた。

第六章

「春日井さん、このフロアに置くチェアはこれで合ってる？」

「はい、それで間違いありません」

なつみは、大勢が立ち働く現場で、あちこち歩き回って点検をした。

ここはＮ市。

東京の近隣の県だが、ベッドタウンと呼ぶには少し遠い。地方色の濃い都市だ。

なつみは本社から出向の形で、こちらの支社に滞在し、新しくなる市庁舎のインテリアデザインの責任者となっていた。

元々、なつみの仕事をＷＥＢで見て気に入った役員から、この市庁舎の仕事の打診があったのだが、大規模な仕事で丸一年はかかり、移住を余儀なくされることから、躊躇してきた。

小百合の話が、なつみの決心を後押ししたのだ。

湊には結局、何も言わなかった。言えなかった。

言えば止められるだろうし、止められれば決心が鈍るからだ。

彼には何もない振りで、少しずつ転居の用意をした。

彼が長く留守をする時期を狙って、引っ越し業者を使い、一息に家を引き払った。

携帯電話も解約し、新しい番号を取った。

SNSやメールも同じだ。

母や兄にも、彼が尋ねてきても自分の行方は教えないでほしいと頼んだ。

『おまえが決心したなら何も言わんが……一度、話してみた方がいいと思うぞ』

颯真が心配そうに忠告してくれたが、なつみはともかくしばらくの間は距離を置きたいのだと頼み込んだ。

ひどいことをしたのはわかっている。

湊がその気になれば、それでもなつみの居場所を調べるのはたやすいであろうことも。

けれど、それがなつみなりのけじめの付け方だった。

部屋には仕事を優先したいという手紙と、一枚のDVD-ROMを残した。限られた時間の中で湊のレストラン二号店のデザインを考えたものだ。

不十分なものなので、使わなくてもいいし、費用は要らないと記した。

あれから一年……湊からの連絡は一切、なかった。それが彼なりの答えなのだと理解した。

「うわ。R……これ二号店できたんですって。すごく美味しいって評判ですよ。こっちの街にもできないかなあ」

休み時間、文社で親しくしている後輩の山口《やまぐち》がはしゃぐように雑誌を見せてきた。あちこちに撥《は》ねている髪が特徴的な小動物めいた可愛い子だ。

「見せて」

なつみは、ある予感がして、手を伸ばしてその雑誌を受け取った。

さっと目を走らせて、目頭が熱くなる。

店は紛れもなく湊が手がけたカフェテリアタイプのレストランの二号店だった。

ドライブスルーが目立つ看板。

車いすの人も入りやすくなっている入り口の勾配。

テラスにはルーフを添え、冬場にはコタツテーブルが出されると話題になっている。

(これ……間違いない。私のデザインだ)

不十分なものしか渡せなかったから、幾分手が入って修正はされているが、ベースは間違いなくなつみが考えたものだった。

（あんなひどい別れ方をしたのに、使ってくれたんだ……）

なつみは山口に頼み込んで、その雑誌を借り受け、休み時間にじっくりと読んだ。

雑誌は若者向けのライフスタイルを扱ったものだった。

今をときめくカフェチェーンのイケメンCEOの新しい試みとして、巻頭の数ページを使って新規店舗の外観と内装。そして湊のインタビューが掲載されている。

後ろの方には一号店の紹介もあった。

なつみが転居してほどなく、地元の有機栽培の農家と提携した地産地消の大規模レストランとして湊の店はオープンした。

少し廃れた田舎で採れた、知る人ぞ知るレベルで有名だった野菜を使った料理は、本当の野菜の味がわかると語る人が多い。生野菜、そのままの形を生かしたスティックサラダなどは、工夫を凝らしたディップと共に、ドライブスルーで飛ぶように売れたという。

味が良くお洒落であり、ドライブのついでは勿論、わざわざそこまで足を運ぶ価値があると、評判は上々で注目度も高く、なつみはほっとしたのを覚えている。

そしてついに二号店だ。

顧客の毎日の食生活が楽しく、豊かなものであるように。

以前と変わらぬ湊の主張。

文字になった言葉のその一つ一つが懐かしくて愛おしく、なつみは噛みしめるようにその記事を読んでいたが、最後のところで目が釘付《くぎづ》けになった。

――結婚のご予定は？

――憧れてはいるんですがもう少しかかるかなあ。僕の第一秘書がね、真壁っていって有能だけど口数の少ない、言ってみれば変人なんですけど、このたび、ちゃっかり契約農家のお嬢さんと結婚を決めちゃって、先を越されたと悔しがっているところです。

――変人なのに？

――変人なのに、です。

――奥さんになられる方は、こちらのレストランと手を組んで、ふるさと再生キャンペーンをやっている今西小百合さんですね。

――よくご存じですね。やっぱり美人だから？（笑）

イケメンだのなんだの言われても仕事に追われて寂しい人生ですよー、とか湊が言っても厭味にしかならないと思うのだが、皆、感心のある事柄だからか、けっこうなページ数が費やされ、湊が弄られていた。

（どういう、こと……？）

なつみは混乱した。

湊が小百合と形だけでも婚約をすることを条件に、有機栽培の農家と提携したのではなかったのか。

愛はなくても、同じ目的を持つもの同士、小百合なら彼を支えてくれるのではなかったか。

まさか、小百合が自分を顧みない湊に愛想を尽かして、真壁に乗り換えたのだろうか？

だったら湊は……どんな気持ちでいるのだろう。

居ても立ってもいられず、なつみは次の休暇を使って東京に戻った。

自分が住んでいたアパートに行ってみる。

自分が居た部屋は既に他の入居者が居て、湊の部屋は……空室になっていた。

中の様子がわかるはずがないのだが、住人がいない部屋は妙にもの寂しく、ガランとした感じがした。

「湊さん……」

朝比奈のプレートがあったところを指でなぞり、なつみは涙を零した。

（泣くなんておかしいわ。自分で決めたことじゃない）

そう思うのだが、どうしても涙を止めることができない。

なつみは開き直ってハンカチを取り出して、ぐすぐすとすすり泣いた。

（私……心のどこかで期待してたんだ。湊さんがここで待っていてくれるって）

小百合と湊の結婚は仕方ないと思っていた。

それが本当の愛に変わるかもしれないことも、覚悟の上だった。だのに、ここに湊の姿がないことは考えていなかった。

（そんなの当たり前なのに……私の馬鹿）

本来の湊の家はここにはないのだから。ここでなつみの傍に居てくれた彼を、これ以上ないほどなつみを愛してくれた彼を、なつみが拒絶したのだから。

わかっている。わかっているけれども……涙は次々に溢れてくる。

この哀《かな》しさは、湊が自分にくれる愛にうぬぼれて、自分勝手なことばかりしていた自分への罰だろう。

なつみは切なく思いながら、その場に立って、ほろほろと泣き続けた。

これが本当の初恋の終わりだと感じながら……。

湊の部屋が空室になっていたことは、なつみが覚悟を決めるのにはいい機会だった。

（これからは迷わずに仕事に専念していこう）

いつかまた恋をするかもしれない。でも湊の面影が残っている間はそんなこと考えたくもなかった。

（あんな人とはたぶん、二度と巡り会えない……）

それはイケメンだとか大会社のＣＥＯだとかそういうことではなくて。

なつみが好きだと思えて、なつみを好きになってくれて。

なんでだかわからないけれど、映画や本の好みがあって。

一緒に料理をしたり、美味しいものを食べるのがとてもとても楽しかった。

（あんな人とは二度と会えない）

何しろ高校のときに初めて好きになった人と、十年の時を置いて初めて本気で好きになったのが同じ人だったのだから。

あれ以上、好きになれる人がこの世界に存在すると信じることすら、なつみには難しかった。

月日が過ぎ、市庁舎はちょっと前に完成し、なつみが東京に戻るべきかしばらくここの支社で仕事を受けるか悩んでいたときだった。

やはり東京の方が自分の居場所だと思えるが、手がけた市庁舎をもう少し見ていたい気がするし、緑と水のきれいなこの土地に、愛着も生まれている。

いずれ帰るにしても、もう少しここに居てもいいかもしれない。

迷っているちょうどそのときに、なつみに是非に、という仕事が来たと連絡があった。

(よし、この件を終えたら決断しよう)

猶予ができたのを喜んで、なつみは受付に出かけた。

「このたびは、よろしくお願いいたします」

椅子から立ち上がって、頭を下げようとしたなつみは目を見張った。

目の前に、ついこの前、完全な別れを意識した恋人が、大きな花束を持って立っていたからだ。

「え、湊さん……?」

しばらく何が起こったのかわからなかった。

だって湊とは終わったはずだ。

自分はずいぶん、一方的に彼の元を去ったが、彼からもなんの連絡もこなかったし、一緒に過ごした彼の部屋はもぬけの空となっていた。

だから……もう彼との縁は完全に切れたと思っていたのだけど。

「受け取って」

湊が、ぐいっと大きな薔薇《ばら》の花束を突きつけてくる。

真っ赤な薔薇の花束だ。

そういうのがあまり好きな方ではないので、なつみはとまどった。

「え、え、仕事、でいらしたんですよね。こういうのは……」

以前、小百合にもやられた手口で、どうのこうのいってこの二人はお似合いなんじゃないかと腹立たしく思う。

少し恨めしげに見たが、湊も引く様子がなかった。

「後から返却してくれても、捨ててくれてもいいから、ひとまずは受け取って」

湊の目は真剣だ。

なつみはおずおずと、一抱えもある薔薇の花束を受け取った。

一輪だけで千円くらいもしそうな大輪の薔薇はやっぱり自分に似合いそうにない。

だけど、とてもきれいで、良い香りがした。

湊は溜息をついた。

「君に去られて僕もいろいろ考えたんだ。やっぱり君とは縁がないんじゃないか、とか。いくら尽くしても本気になってもらえないんじゃ、とか。逆に僕がCEOを辞めればいいのかな、すべてを捨てて君に愛を乞うたら同情してくれるのかな、とか……」

「そんなこと……」

なつみは強くかぶりを振った。

彼に何かを諦めてほしくて身を引いたわけじゃない。

ただ夢を叶えてほしくて、でも真正面から言い争うのも嫌で。

仕事を口実に逃げてきただけだった。

湊は自嘲気味に笑った。

「でも、そんなのは違うよね。CEOだってばれたときと一緒で、無理をしてもどっかでダメになる。だったら、縁がなかったって諦める？　高校のとき僕はそうした。それをずっと後悔していた。同じ事はもう繰り返したくない。だからこうすることにした」

湊は真剣な目で、なつみの目の前に手に持った宝石箱を蓋を開けて差し出した。

プラチナのリングに、小ぶりのダイヤがきらきらと輝いている。

「春日井なつみさん、結婚してください」

「ちょっ……ちょっと、待ってください！」

いきなりな展開に、なつみはついていけずに悲鳴じみた声を上げる。

湊は悠然と微笑んだ。

「君がこんな大仰なことが嫌いなのは知ってるよ。でも、僕はわりと好きなんだ。だから……僕の一面が、どうしても受け入れられないのなら、今度こそ、こっぴどく振ってほしい」

「そんな、そんなふうに言われても……」

なつみは泣きそうになった。

「湊さんに受け入れられないところとかありません。でも私はこんなふうで。ちっとも落ち着かなくて。あなたを怒らせてばかりいるのに……」

「知ってるよ」

湊は小さく笑った。

「なんの相談もなしに出ていかれたときは怒ったよ。でも小百合さんと君が交わした話とか聞いたら、やっぱり君に会いたくなった。自分の心によく問いかけて、どうしても諦められないなら、もう二度と逃げられないように縛っておくのがいいと思ったんだ」

「小百合、さんは……」

湊は目をつり上げた。

「彼女のことは本当に怒ってる。君がいようといまいと彼女と結婚することは絶対にないって言わなかったっけ？」

「聞きました、けど……小百合さんが」

「僕の言葉は信じないのに、彼女の言葉は信じるんだ」

「そういうわけではないんですけど……契約が」

湊は憤然として言った。

「なんとかしてみせるって言ったのに。言っておくけど、彼女との結婚を引き換えに契約を結んだわけじゃないからね。知らない間に真壁とできてたのにはびっくりしたけど、それより前に契約には了承してもらってた。熱意を込めて説得すればわかってもらえるもんなんだよ」

「……真壁さんと小百合さんのことは、雑誌のインタビューで読みました」

「入れてくれるのを条件に取材を受けたからね」

当然だろうと湊は頷いて見せる。

「え、それって……」

「疑り深い恋人に、現実を教えるために決まってるだろう」

「そんな……」

自分の浅はかな考えは、すべて湊に読まれて呆れられていたのか。

それでも彼は自分のために、メッセージを送り、そして迎えに来てくれたのか。

薔薇の花束に顔を埋め、なつみは堪えきれずに泣いてしまった。

湊は優しく笑って、薔薇ごと彼女を抱き寄せる。

「いいかげん、観念してくれる？」

「はい。はい……」

「僕の妻になるね？」

「はい……」

「それならもう泣かなくてもいいんじゃない？　今度だけは許してあげる」

そう囁いてくる湊の声が優しくて……。

結局、そのまま彼の胸の中に、嗚咽《おえつ》がやむまでのしばらくの間、閉じ込められていた。

ようやく落ち着いた頃に、湊に声をかけられる。

「気が済んだ？」

不思議に思って頷くと、左手を彼に取られた。

「あ……」

薬指に指輪を押し込まれて、頬に朱が上る。

「これで、もう逃げられないよ」

そう言われて、抱きしめられるのが、また泣けるほど嬉しかった。

「すごーい……」

目の前に拡がる光景になつみは目を丸くした。

ひとまずなつみ自身の引っ越しは落ち着いてからということで、週末、湊の本来の家に初めて連れてこられたのだ。

昼間はレストランを見学に行ったりなんだりで、食事を済ませて部屋に帰ると、あたりはすっかり暗くなっていた。

広いリビングは三方を天井から床までの掃き出し窓に囲まれ、夜景をひとめで見渡せる。

床暖房が利いているのか、室内は適温が保たれ、さりげなく置かれた観葉植物も元気に緑の葉を拡げている。

「すごい、広い。高そう！　だけど、別に普通の人が住む部屋ですね」

なつみは、しみじみ言った。

「私、仕事だから、このくらいのお部屋も、もうちょっとグレードが高いのも見てきたのに、何を怖《お》じ気《け》づいていたのかしら」

(これも知らずに線を引いてきたのかもしれない)

「そもそも市庁舎とか手がけておいて、個人の部屋のグレードがどうのってこともないと思うんだ」

ちょっとテンション高めにはしゃぎまわるなつみに湊は苦笑している。

「僕としては、あの1LDKも本当に、気に入ってたんだけどね」

少し寂しそうに言う湊になつみは頷いた。

「ああ、湊さんも引っ越しちゃったんですよね」

「え、どうして知ってるの？」

（あ、やばい……）

目を丸くする湊に、なつみは笑ってごまかした。

湊の家があったところのネームプレートをなぞって号泣したことなど、恥ずかしくて言いたくない。

まだまだ話せていないことが沢山ある。

「なんだか怪しいなあ……」

「気のせいですよ。きっと」

なつみは屈託なく言って、上目遣いに湊を見た。

「とりあえず、どこにいても湊さんは湊さんだなあって」

「やっとそれに気付いてくれたんだ。遅いよ」

湊は背後から、なつみの腰に手を回して抱きしめる。

「ああ……なつみちゃんの匂いだ。たまらない」

なつみはぞくりとした。当たり前だがこの半年あまり、だれともそういうことはしていない。けれど湊の匂いを身体が覚えていて、こんなに近くに感じるとその気になってしまう。身体の奥がじわりと湿ってくるようで、なつみはそわそわとあたりを見回した。

「どうしたの？」

「あ、あの……、お風呂、お風呂がどうなってるか見てみたいなーできれば入らせてもらいたいなーって……」

「……………」

湊は黙って、もじもじするなつみを見つめた。

左の手で顎をつまみ、首を傾げる。

「うーん、どうしようかな。恥ずかしがっているところが可愛いから、強引にいただいてもいいんだけど」

「ひえっ……」

思わず怯《おび》えるなつみに、湊は笑った。

「久しぶりだからね。今日は勘弁してあげる」

（今日は、今日はって何？　湊さん、なんか怖くなってない？）

そう思いながらも、今は逃れられたことに安心して、なつみはバスルームに駆け込んだ。

「着替えは脱衣所に用意しておくよー」

湊の声が響いて、なつみはもう一度、首をすくめた。


バスルームもとても広くて、六畳敷きの部屋くらいあった。

丈が低めの浴槽だな、と思ったら、少し地下に埋め込む形で据え付けられている。

ライオンの頭から、お湯がひっきりなしに出て、腰掛けられるような段差まである。まるで旅館の大浴場のようだ。

「それもこれ、二十四時間風呂じゃない」

お湯を循環させて浄化させ、いつでも温かくきれいな状態を保つ贅沢品だ。

「湊さん一人しか居ないのにこれって……さすが御曹司」

などと揶揄《やゆ》してみるが、本当は緊張していた。何しろ久しぶりなのだ。

必要ないかとも思ったが、落ち着ける時間がほしくて、頭を洗い、さらに備え付けてあるボディソープで身体を洗う。

ボディソープはふわりと泡立ち、洗い流しても微かに甘い香りがした。

「なんかこういう童話あったよね。きれいに洗って、いい匂いのするクリームを塗って、最後に食べられそうになって逃げ出すの」

自分で言った冗談に赤くなってしまう。

何度も温かいお湯に出たり入ったりして、迷いに迷ったあげく、なつみはようやく覚悟を決めた。

「お風呂ありがとうございました。あのボディソープ、いい匂いですね」

出してもらったバスローブをまとい、なつみはおずおずとソファに座った湊の傍に近寄った。

彼は本を読みながら、待っている間に作ったらしい、水割りをちびちびと飲んでいる。

「そうかな」

そう言ってグラスと本をテーブルの上に置いた湊は、なつみの手を引っ張って抱き寄せた。

倒れ込んでくるなつみの身体を膝にのせて抱きしめて、息を吸い込む。

「ああ、確かにいい匂いだ」

「もうっ……髪が濡《ぬ》れてるのに、湊さんまで濡れちゃいますよ」

なつみがほんのりと紅《あか》くなった頬で抗議した。

「かまわない」

湊はじっと、なつみの目を見つめる。

「濡れたってかまわないから、もっと触らせて」

「…………」

湊の顔が近付いてくるのに、なつみは素直に目を伏せた。

「んっ……」

湊の唇からは高級なお酒の匂いがして、自分の身体からはボディソープの少し甘い匂いがして、窓の外には素晴らしい夜景が拡がっている。

どこか別世界にいるような気がするけれど、もうどうでもいい。

彼がいてくれるならどこだっていいだろう。

もう二度と会えないかもと思っていた湊の腕の中に、こうして居られることがすべてだった。

深く口づけ、なつみの口内を掻き回しながら、湊の手がバスローブ越しになつみの腰や臀部《でんぶ》を撫でていく。

「は、ぁ……」

気持ちよさにだんだん腰くだけになって彼の胸にもたれかかると、小さく笑って頬や耳たぶも愛撫《あいぶ》された。

「猫、じゃないんですから……」

「猫だったら、ずっとこの部屋に閉じ込めておけるけどね」

抗議すると笑いながらそんなことをいうのに、手はバスローブの裾に入り込み、内股を撫で回してくる。

徐々に中に入り込んでくるそれに吐息を漏らすと、驚いたように手が止まった。

「下着着けてないの？」

「ええ……いやですか？　こういうの」

挑戦的な目で見上げる。ある意味、意趣返しだ。

湊はどう思っているのか知らないけれど、なつみにも欲望くらいある。

湊と別れて半年あまりだ。

「いや……」

湊の目が熱を帯びた。

「いいね。そういうのもすごくいい」

しゅるりとバスローブの帯がほどかれた。

ゆるんだ合わせ目から、湊の手が乳房を包み込む。なつみは嫌がらなかった。

自分も手を伸ばして、湊のネクタイの結び目に手をかける。

「僕も脱がせたいの？」

「当然でしょう？」

「可愛いね」

言うなり、湊は自分でネクタイを緩めた。

なつみが手を掛けて取り去ると、そのままシャツも脱ぎ捨てる。

男らしくきれいに筋肉のついた胸板があらわになって、じわじわとなつみにも羞恥が込み上げてきた。

「これで終わり？」

「意地悪」

なつみは恨めしげに言って、湊の首筋にむしゃぶりついた。


「あ……あ」

最初は一生懸命、湊の肌を齧《かじ》ったり、手で撫で回したりしていたのに、すぐに攻勢に転じられた。

「ごめんね。僕も久しぶりだから……」

――今度はもっとじっくりゆっくり触らせてあげる。

などと囁かれても、本当かしらと疑わしく涙目で睨むしかない。

乳房を揉まれれ、ちゅうちゅうと先端を吸われて、身体をくねらせて鳴き声を上げるだけ。

いつのまにか、脚の間に指を入れられれ、ついでにいつ用意していたのか、とろとろのローションまで塗り込められて、声が押さえられない。

半年以上、焦がれに焦がれた指が、もう全部心得ているなつみの中を掻き回す。

はしたない媚肉はきゅうきゅうと湊の指を締め上げ、ひっきりなしに蜜を溢れさせている。

「あっ、あっ、あっ……もうっ」

リズミカルに抽送され、お腹《なか》の方の感じるスポットを刺激されると頭がおかしくなりそうだった。

「ひっ……もう、やめぇ……」

蜜壷は、とろとろになるくらいに焦らされ、熟れさせられて、もう限界だった。

「ん、なつみちゃん、僕の上に乗って」

誘うように言われ、ふらふらと、湊の膝に乗る。湊はもう前をくつろげてずり下げてしまって、準備万端だ。

お尻に熱いものがあたるのがわかる。

「もう欲しいでしょ？」

「う～……」

恨めしそうに睨んでも、笑われるだけなのもいつものことだ。

「欲しいなら、自分で入れて……」

余裕たっぷりの湊に、からかわれているようで、でも、少し掠れた声に混じる欲情の響きが、なつみを少しだけ素直にさせる。

湊の肩に手を置き、湊のものを掴んで、ゆるめられ、涎を垂らす入り口に宛がう。

まるくなった先端に入り口をこじ開けられるのが、気持ち良かった。

「ん……」

なつみは、角度が変わらないよう、手で支えながら、ゆっくりと身体を沈めた。

もう何度もした行為ではあるけれど、規格外の湊のものを収めるのは少し、緊張する。

蜜口はぬるぬるに濡れているけれど、半分より先を入れようとすると、中がこじ開けられる感触があった。

圧迫感。

だけど、とても気持ちいい。

彼を自分の中に入れてしまうのは、とても気持ちがいい。

「なつみ……っ！」

ふいに湊の手が腰にかかった、そのままぐっと身体を下ろされる。

「あああっ」

なつみは嬌声《きょうせい》を上げて湊のものを一気に奥まで呑み込んで、背を仰け反らせた。

目がちかちかする。

久しぶりの隘路がみっちりと太いもので埋まって、お腹が苦しいのに、とても気持ちがいい。

湊と繋がっている。

「ああ……なつみちゃんの中だ」

湊は感嘆の溜息をついて、腰を揺さぶった。

「僕にぴったりあって、気持ちいい」

「んっ、私も……」

なつみもゆらゆらと揺れながら、首を傾け、湊に口づけをねだった。

湊の形の良い唇が上から振ってくる。

「あっ……はっ……」

乳房を揉まれながら、力強く腰を送られて、なつみは息も絶え絶えだ。

ぐんぐんと湊の熱杭がなつみの奥を征服していく。

ぬちゅぐちゅと濡れた音が耳を刺激し、喘ぐような粘膜が快楽を受け取る。

気持ちいい。

「あっ……あっあっ……」

ソファのスプリングを利用して、強く突き上げられると目の前が赤く染まるようだ。

「僕のものだ、ね……」

目を覗き込まれて、念を押されて、こくこくと頷くしかない。

「もう離さないから、覚悟して」

(離さないで)

そう言える資格が自分にあるのかどうか、今はまだわからない。

だけど、離さないと言ってもらえるなら、もう自分から離れたりはしない。

「好き……好きです」

「僕は、愛してる」

肉体を絡め合わせ、視線を絡め合わせながら、二人はお互いの身体に溺れた。

夜はまだ始まったばかりだ。

「はーい。こっちこっち、写真撮《と》るからこっち来て！」

白いヴェールをまとった花嫁に、勢いよく手を振られて、なつみは苦笑した。

隣にいる久美子はなんで私が……とぼやいている。

「真壁さんの同級生にかなりイケメンが多いからって口説《くど》かれたんでしょ」

なつみが言うと、それはそうだけど……とそっぽを向く。

今日は真壁と小百合の結婚式だった。

ふるさと再生の事業の一環《いっかん》で作られた小洒落た丘の上の教会で式を挙げ、R……のレストラン部分だけを借り切って披露宴をする小規模なものなのだが、小百合は、

「これもふるさとPRに使いたいのに、私、友達が少なくて絵面が寂しいから！　サクラみたいな感じでいいから出席して」

と、なつみに招待状を送ってきた。

ついでに「会社の同僚とかも紹介してよ」と言われて、一度お茶をしただけの久美子まで友達扱いで招待するのだから強《したた》かなものだ。

「あー別に私は嫌いじゃないけど、友達が少ないのはわかる……」

それでもちゃっかりブーケトスのブーケを受け取った久美子は、まんざらでもない顔で匂いをかぎながら、ちゃきちゃきと招待客を並べて写真に収めようと動いている小百合を評した。

「うーん……」

（それは久美子もわりと同じじゃないのかなあ……）

美人で気が強くて押しが強い。

などと指摘すれば、怒られるのがわかっているので、なつみは曖昧に笑って濁した。

「それにしてもあの新郎もめっちゃイケメンじゃないのよ！　なんでもっと早く紹介してくれないかなあ」

恨めしげに睨まれても苦笑するしかない。

「あの頃は、それどころじゃなかったから……あ、ほら。あそこにもイケメン！」

「え、どこどこ？」

新郎の友人に注意を向けさせて、ほっと一息を吐く。

「あ、なつみちゃん！　居た居た」

やはり別の箇所で、女性達に取り巻かれていた湊が、手を挙げながら近寄ってきてなつみ達の横に立った。これから全員の記念撮影だ。

「まったく上司の縁故を利用して嫁さんゲットしたあげく、雑用すべてお任せとか、困った秘書だよなあ」

などと愚痴を言うが、顔は笑っている。

当の真壁は相変わらずのクールな様子で、笑顔満面の花嫁に腕を組まれながらも、済ました顔で立っているが、湊曰く、あれは喜んでいるらしい。

未だに謎の多い人だ。

一度だけ、契約農家のことを気にして小百合と結婚したのかと聞いたが、

「仕事のために個人の幸福を犠牲にして、一生の伴侶を決めるなんてありえません」

とあっさり否定された。

否定したとなれば、つまり真壁が小百合を気に入って結婚まで持ち込んだということになるのだが……。

湊に聞いても何がどうなってそうなったのかは永遠の謎ということだった。

「行くわよー」

新婦の快活な掛け声で何枚の写真が撮られる。

観光案内に掲載したり、小百合の実家の旅館に飾ったりする気らしい。

旅館と言えば、あの美人女将も何故か洋装で、渋い感じの男性と腕を組んで歩いていた。

恐らくあれが有機農業の畑の主……だと思うのだが真偽は不明だ。

「なつみちゃんは、洋式と和式どちらがいい？」

いつの間にか、隣のポジションをちゃっかり決めた湊が、なつみの手を握りしめて聞いてき

た。ええ、っとなつみは、首をかしげる。

「難しい問題ですね……悩むからまずは湊さんのお母さんの意見を聞いてみないと。どうですか？」

湊は目を見開いた。

「ああ、もちろん！　本当に？」

「結婚を承諾した時点で、そういう覚悟はしていると思ってください」

なつみはさらりと言う。

「ついでに……子供も作れるように計画も立てますか」

「あああ、すごくいい考えだね！」

湊は飛び上がって、今にもなつみを抱えて会場を後にしそうな勢いだ。

「そのうち、うちの両親にも会ってくださいね」

「もちろんだよ……あ」

ふいに何かを思い出したように青ざめる湊になつみは驚いた。

「どうしたんですか？」

「忘れてた！　なつみちゃんと……颯真のお母さんって、U……だよね？　ミステリ小説とかサスペンスが得意の」

「そうですが？」

湊ほどではないが、高校ではそこそこ有名だった事実だ。

だが湊は目に見えて動揺した。

「どうしよう……僕、実はファンなんだ。サインもらってもいいかなあ」

おそるおそるそんなことをいう湊に、なつみは笑ってしまった。

「もちろん！　喜ぶと思いますよ」

握られた湊の手を握り返す。

お互いにまだ知らないことはいっぱいあるが、今はそれが幸せだと思えた。

人生はまだまだ続くのだ。

あとがき

こんにちは。あるいは初めまして。ガブリエラ文庫プラスでは初めましての見月ゆりこです。

この度は『イケメンＣＥＯはお隣のＯＬとイチャイチャ料理がしたい』をお買い上げありがとうございました。書店でどうしようかなと迷っている方もここでえいっとレジに向かっていただければ幸いです。ありがとうございます。

実はガブリエラ文庫プラスと言わず、現代物は初めてです。もう大変、緊張しました。なにしろ、現代物だと舞踏会がない。ヒロインはドレスも着なければそれを手伝ってくれる侍女も居ません。

ヒストリカルのそういうコスチュームプレイものが一切、封印された状態なのですね。

ハッタリの好きなもので、さて困った。

そうだ。慣れないことをやり遂げるためには好きなものをぶちこむしかない！

ということでお料理上手なイケメンヒーローを出しました。それも「やりくり料理」好き。

冷蔵庫の余り物でささっと美味しいお酒のツマミとか作ってくれるんですよ、たまらないですね。

気遣いもできて有能なお金持ちでもあります。

いたれりつくせりの彼、朝比奈湊ですが、好きな女の子の気持ちだけはままならない。

酔っぱらったのをいいことにわりあい早くそういう関係にはなってしまうのですが、彼女は意外と頑なです。何故？　というのが一応、メインなお話でした。

その難攻不落な女子である、春日井なつみ。可愛い系の容姿にお仕事には熱心。読書が趣味で、湊ほどではないですが、お料理好きです。

本人はあまり自覚はないですが、鈍いだけで意外ともててます。

彼女の回想であれ？　と思った読者の方もいらっしゃるかもしれませんが、この人、わりとダメ男にふらっとしてしまうタイプなのですね。

「この人には私がいないと！」ってのに弱いのです。だから意外と良い恋愛はしていないところに、恋愛に深く入れ込めない体質が加わってろくでもない経験ばかりが積もっていた人ですね。できるイケメンがここぞとばかりに執着して繋いでくれてよかったです。

彼女の兄もほっとしていることでしょう。

なつみの兄の春日井颯真。

彼もなつみと同じく訳ありのご家庭で育ったのですが、あまり屈折はせず、しかし、多少、斜にかまえた感じに成長しています。

高校時代、「妹を嫁にやってもいい」とまで思ったらしい湊と知人どまりで友人にならなかったのは、その態度のせいです。

けれど彼も成長して、湊も成長したところで、可愛い妹との結婚話が出てきたので、これ以後、素直になって仲良くなると思います。もともと相性はいいんですね。

イイ男同士で二人居ると目立つので、面白がって夜の街にナンパをしに出かけたりして、なつみに怒られているといいと思います。

あとは湊の秘書の真壁ですね。眼鏡の似合うクールなイケメン、のはずが変なふうに成長しました。甘い物好きです。

最後に某女史と結婚にこぎつけるのは真壁が熱心に言い寄った結果です。

少し残念なのがなつみと颯真の母の作品の映画にあまり突っ込めなかったことです。アクションありサスペンスありのドラマで、大ヒットになる予定です。撮影現場を見にいった湊とか颯真とかが俳優と間違えられたり、スカウトにあって騒ぎを起こしたりして。

脇役にいる現在売り出し中の若手俳優が、事情あって家出をした、湊の朝比奈一族の一員だったりして、ひと悶着あったりします。

朝比奈一族って金持ちの名家のわりには自由なので、家出をした若者が俳優として出世中だったりすると、おうじゃあ応援してやろう、とばかりにスポンサーになるとか。余計な手出しをしてきて嫌がられるんですね。

最後になりましたが、素晴らしいイラストを描いてくださった敷城こなつ様。ありがとうございました。原稿が上がるのが遅くて、ご迷惑をおかけいたしました。敷城様の描いてくださった艶やかな湊と可愛らしいなつみのイメージで、なんとか最後まで書き抜くことができました。

担当の編集さん、版元様、いろいろやきもきさせてしまって大変申し訳なかったです。

最後にこの本を手に取ってくださった方、本当にありがとうございました。
少しでも面白い、と思ってもらえるところがあったら嬉しいです。
また機会がありましたらよろしくお願いいたします。

見月ゆりこ

イケメンCEOはお隣のOLとイチャイチャ料理がしたい　キャラクターデザイン：敷城こなつ

Novel 池戸裕子
Illustration 蔦森えん
エリート部長の溺愛戦略！
新人秘書は
食べられちゃいました
俺にもっと甘えてくれ
密かに慕っていた若手エリート、藤堂貴臣の秘書に選ばれた朝倉美紗は、彼の期待に応えたいと懸命に努力を重ねる。藤堂の働きぶりや仕事外での顔を間近で見るうち、憧れが恋心へと変わっていく彼女だが、あるとき彼に誘惑される。「好みの女を抱くと癒されるんだ。仕事への英気を養える」とまどいながらも甘い言葉と巧みな愛撫で初めての悦びに悶える美紗。けれど彼が、女性関係のトラブル避けに美紗を秘書に選んだだけだと知り!?
好評発売中！

おひとり様秘書と
イジワル御曹司
激愛は恋の特効薬
Novel 華藤りえ
Illustration ゆえこ
許せ。可愛い独占欲だ
地味なＯＬの小羽美雪は男女交際に夢が持てず、ずっと一人で生きようと思っていた。だが突然、会社の御曹司である鷹司泰騎の秘書を命じられ動揺する。有能で気遣いも上手い泰騎に秘書としての義務だと華やかな服装を強いられ口説かれる内に、ほだされて徐々に変わっていく美雪。「声は出していいんだ。感じている証拠だから。もっと聞かせろ」彼に触れられて嬉しいと思うのに、過去の経験から最後の一歩がなかなか踏み出せず!?
好評発売中！

地味なOLの私ですがハイスペックな彼氏と同棲はじめました
Novel 加地アヤメ
Illustration えまる・じょん
ごめん。
でも我慢できない
インテリア好きＯＬの不破七生は、大家に急な転居を告げられ困っていた。そんな時、お気に入りのショップ従業員、能見伊吹が「彼女のフリをすること」を条件に、家具付き優良物件の紹介をもちかける。家具につられＯＫしてしまった七生を度々訪ね、誘惑する能見。「あなたが一番感じるところを見つけなくてはね」優しい彼の手で、七生は甘い悦楽を感じてしまう。一緒に住み始める二人だが、能見が実は社員ではなく社長だと知り!?
好評発売中！

青年社長は家政婦を
メチャクチャ溺愛しています
Novel 希彗まゆ
Illustration 要まりこ
俺のお嫁さんに
なってくれますか？
両親を亡くした桐島優佳里は、大企業の会長で血縁のない曾祖父に可愛がられつつも家政婦として働いていた。曾祖父の死後、彼女は親戚で社長の沖田咲弥に交際を迫られ困惑する。自分とは身分違いの咲弥を諦めさせようと「セフレならいい」と言った優佳里は、逆に言質を取られ彼に抱かれてしまう。「優佳里は耳が弱いんですね」強引ながら優しい彼に蕩かされる優佳里。だが彼の求愛は、彼女への曾祖父の遺産のためと人から聞き!?
好評発売中！

主任、そのギャップは危険すぎます！
クールな上司が
家では××な件について
Novel 麻生ミカリ
Illustration 小島ちな
俺にキスされるかも…って
いつでも構えておけよ
要領の悪いＯＬ、須藤沙弥はわけあって、クールな上司、大橋隼人とルームシェアをしていた。社内では厳しく厭味な隼人だが、家ではだらしなくて、しかも沙弥の料理を愛好している。ある夜、飲み会で潰れてしまった沙弥を隼人はおぶって連れ帰り、口説き始める。「おまえのこと、放っておけないんだからそういうことなんだよ」彼の部屋に連れ込まれ、優しい愛撫に自覚する思い。しかし彼には取引先の令嬢との縁談があると聞き!?
好評発売中！

クールな上司に甘く偏愛されてます
金曜日の秘密
Novel 七福さゆり
Illustration 氷堂れん
あんまり誘惑しないでくれ
化粧品会社で働く中野日葵は、満員のエレベーターでうっかり上司の清宮尊士のお尻を触り痴漢と間違えられてしまう。その場は逃げた日葵だが、誤解を解けぬまま尊士の自宅に呼ばれ、ああいうのは自分だけにしろと言われてパニックに。「触るよりも触れられる方がいいか？」いつのまにか逆に尊士に気持ちよくされ、彼への恋心を自覚する日葵。初めてエッチも経験し幸せな毎日だったが、尊士には彼女がいるという噂を聞いて――⁉
好評発売中！

ガブリエラ文庫プラス
gabriella plus

MGP-029
イケメンCEOはお隣のOLと
イチャイチャ料理がしたい
2018年3月15日　第1刷発行

著　者　見月ゆりこ　©Yuriko Miduki 2018

装　画　敷城こなつ

発行人　日向 晶

発　行　株式会社メディアソフト
〒110-0016　東京都台東区台東4-27-5
tel.03-5688-7559　fax.03-5688-3512
http://www.media-soft.biz/

発　売　株式会社三交社
〒110-0016　東京都台東区台東4-20-9　大仙柴田ビル2F
tel.03-5826-4424　fax.03-5826-4425
http://www.sanko-sha.com/

印刷所　中央精版印刷株式会社

見月ゆりこ先生・敷城こなつ先生へのファンレターはこちらへ
〒110-0016　東京都台東区台東4-27-5 (株)メディアソフト
ガブリエラ文庫プラス編集部気付 見月ゆりこ先生・敷城こなつ先生宛

ISBN 978-4-87919-390-2　Printed in JAPAN